翻轉學

翻轉學

你想
為誰賺錢？

きみのお金は誰のため：
ボスが教えてくれた「お金の謎」と「社会のしくみ」

破解 3 大金錢謎團，
怎麼思考錢，決定怎樣的未來

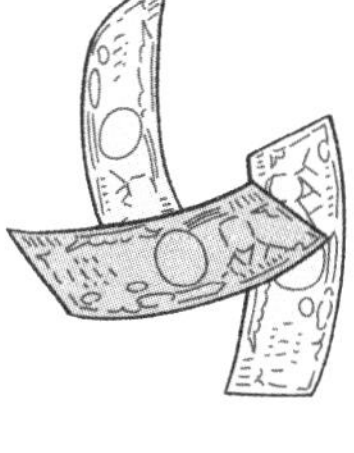

田內學 著　韓宛庭 譯

目錄
CONTENTS

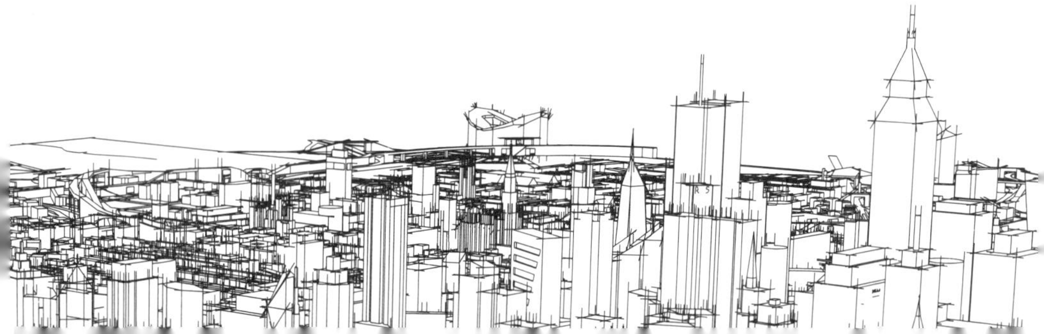

第2章 錢的謎團② 錢無法解決任何問題

錢不是萬能的
一百萬元和甜甜圈解決問題的能力
錢的另一端是人
透過傳球解決難題
錢的力量是選擇的力量
金錢課背後的祕密
太過相信錢的國家末路
紙鈔無法填補生產力的空缺
讓眾人幸福的溫柔經濟
被數字綁架的現代社會
消除無用工作的條件

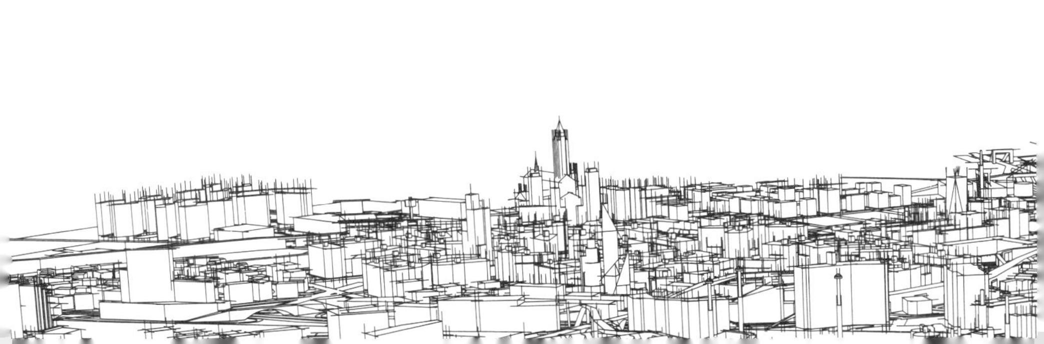

第5章

社會的謎團：未來只能靠贈與開創

貧富差距與生活差距
縮短社會差距的大富翁
用青春創造未來
錢的另一端研究所
投資與消費是用錢選擇未來
製造社會差距的犯人
重新分配的稅金
過去的重擔與未來的期待
不會記到未來帳簿上的借款
在內部與外部工作的人
想要的存款與拒絕的借款
同世代中的貧富差距
時間不會倒轉

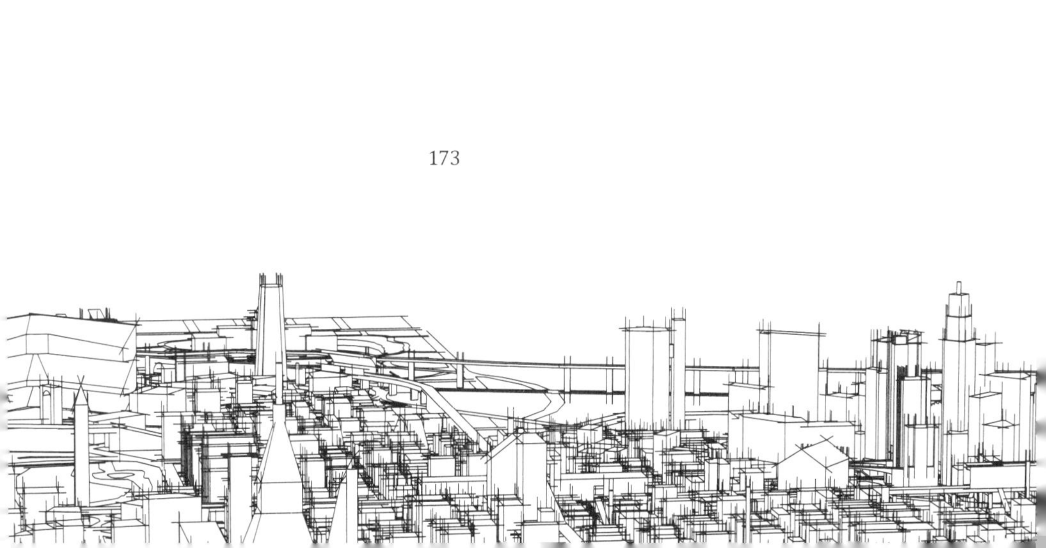

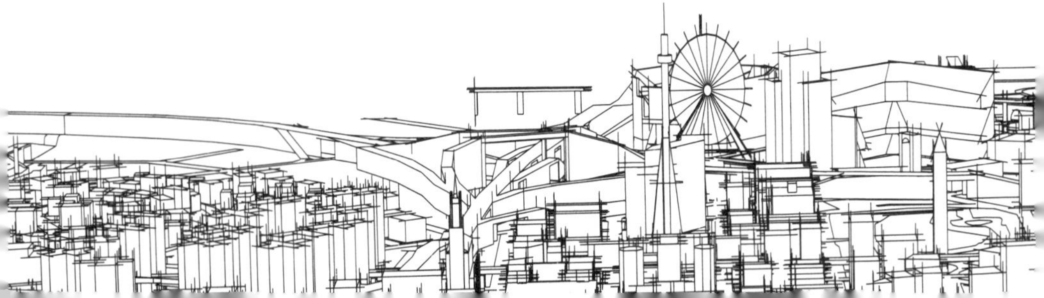

好評推薦

「好不容易有本書，讓我們有機會補課青春財商學！」

——張森凱（Brian），布萊恩兒童商學院創辦人

「一翻開就停不下來，淺顯易懂、發人省思，推薦給找尋生活動力的每個人，好好思考金錢在你人生的意義。」

——黑媽，黑媽家庭經濟研究所

「我們每天努力賺錢，但是否曾問過自己：『賺錢的意義究竟是什麼？』《你想為誰賺錢？》引導我們重新思考賺錢的動機，找到財富與幸福的連結。這不只是一本書，更是一個啟發內心的提問。」

——蜜蜂爹，投資理財部落客

序章

比賺錢更重要的事

「這不過就是十公斤的紙片啦。」

男人一邊說，一邊拍了拍高高疊起的一億日元鈔票山。

今年就讀國中二年級的佐久間優斗感覺自己的掌心在冒汗。超出現實的光景，使他懷疑自己在看電影或網路影片，偏偏事情就發生在眼前，是伸手就能觸及的現實。

有錢就是任性。就是因為這樣，以後我也要賺大錢！——這是優斗真實的心聲。剛認識這個男人時，優斗以為他會教自己賺錢的方法，怎知他卻說起了「錢的本質」這種莫名其妙的話。儘管覺得被捲入奇妙的事件裡，優斗仍記得自己興奮到彷彿跳上不知開往何方的特快車。

某方面來說，推動優斗的命運前進的動力，正是他對於錢的執著。當初他要是沒說那句話，就能提早二十分鐘離開教室，更不會在這個房間裡目睹驚人的鈔票山，此時此刻已經躺在家中的榻榻米上，快快樂樂讀著推理小說的後續。

同時，也不會在人生中遇見她。

時間回到一個小時前。

優斗與班導兩人面對面，坐在放學後的教室裡。

他讀的中學固定在十一月對二年級的學生做個別升學輔導*，由於優斗的志願高中早已敲定，本來以為面談不到五分鐘就會結束。

怎知，談到將來想從事的職業時，優斗一個不小心說出那句話：

「我想做年薪高的工作。」

導師一聽，整個使命感都上來了，也或許是這句話哪裡戳到他，他開始滔滔不絕地說教。

像是：「還有比賺錢更重要的事情吧？」

或是：「好好想想自己能對社會做出什麼貢獻！」

優斗無法接受，他明白為社會貢獻的重要性，但說來說去，工作不就是為了賺錢嗎？老師你不也一樣嗎？

優斗最討厭說話冠冕堂皇的大人了。認真跟這種人爭論，也只是浪費時間。他數度在心中嘟噥「煩死了」，嘴上靜默不語。這是優斗內心的口頭禪，用來讓自己冷靜的方便藉口。

即便如此，當他從又臭又長的說教中解放，已經是二十分鐘以後的事情了。走出教室時，走廊窗外可見陰森的烏雲迫近。優斗一面後悔自己沒帶傘，一面一口氣跳下好幾階樓梯。

優斗是在大屋前遇見她的。

附近居民口中的「大屋」，是一座龐大如體育館的神祕洋房，四周被高聳的圍牆環繞，從外面完全無法窺見內部，只能勉強望見洋風屋頂的一角。

甚至有愚蠢的傳聞說，裡面住著鍊金術師。

*日本為三學期制，新的學年從四月開始，四到八月為第一學期，九到十二月為第二學期，一到三月為第三學期。因此優斗即將升上國三。

「不好意思，請問一下——」

優斗突然被叫住，回頭察看，一位身穿灰色長褲套裝、身材苗條的年輕小姐撥了撥及肩的褐色長髮。

「你知道這棟房子的入口在哪嗎？」

屋子再大，繞個一圈總會找到吧？優斗瞬間這麼想，然而女子穿著看起來很難走路的高跟鞋，腳後跟已經磨得紅通通了。

儘管天空烏雲密布，但他不能丟下需要幫助的人不管。

「呃，大概是這邊吧。」

優斗快步走到女子前方，引領她往應該是入口的方向走。一方面，他也對大屋感到好奇，半開玩笑地探問：

「有傳聞說，裡面住著鍊金術師？」

「哦？果然很有名呢。」

始料未及的答案使優斗回頭，只見女子面不改色，看起來也不像在開玩笑。

兩人一同站在看似入口的黑色金屬大門前，女子按下旁邊的對講機，片刻之後，黑色大門發出聲響，自動開啟。

一棟富麗堂皇的白色洋房映入眼簾，搶眼的建築風格相當具有年代感。優斗忍不住踮腳偷看難得一見的牆內世界。

因為好奇心而惹禍上身是優斗的壞習慣，很小的時候，不會游泳的他曾模仿哥哥噗咚跳進游泳池，結果慘遭溺水，同樣的事還重複了兩次。

儘管鍊金術聽起來很可疑，他仍對房子裡的情形在意得不得了。

與此同時，天空澆下傾盆大雨，景色驟變，雨滴打在柏油路上，反濺的水花使路面變白。

「快過來！」

女子大喊後跑了起來，優斗也毫不猶豫地追上去。

優斗跟著女子一起以滑壘之姿進入洋房，並急忙關上大門，防止風雨颳進來。門闔上的瞬間，震耳欲聾的雨聲立刻變得遙遠。

建築物內彷彿不同的空間，飄蕩著奇妙的空氣與時間感。

挑高的正門大廳鋪著深紅色地毯，走廊往左右兩側延伸，牆壁上掛著幾幅看似昂貴的畫作。整棟屋子從外觀到內部裝潢，都符合優斗讀推理小說時所想像的那種「有錢人豪宅」。滂沱的雨聲、富豪居住的洋房，以及傳說的鍊金術，總覺得有什麼事件即將發生。

穿套裝的女子從包包裡拿出手帕，擦拭濡溼的頭髮。

優斗開始妄想，也許女子是來調查某個案件，她的側臉既知性又強悍，感覺就像一個貫徹心中正義的律師或檢察官。

優斗直接問出心中的疑惑：

「鍊金術到底是什麼？」

女子面露詫異，但隨即意會過來，表示理解：

「啊——原來你不知道。因為可以輕鬆地用錢滾錢，所以才叫鍊金術，算是一種代稱吧？這裡的老大靠著投資致富。」

老大——這樣的稱呼令優斗聯想到黑手黨老大。就在他想繼續問時，一名年輕男子走了過來。

「是久能小姐嗎？恭候多時。突然下起大雨，您沒淋溼吧？」

被喚作久能的女性強勢瞥向男子。

「我很好，不過可以借這位同學躲雨嗎？他剛剛幫我帶路。」

「當然可以。」男子說著，微笑看向優斗。好吧，他至少不像黑手黨的手下。

兩人被引領至左側走廊深處。

「老大在裡頭等您。」

男子在一扇大門前停下來，這扇門比其他門都還要大，他先敲了三下，才把房門推開。

房裡的男人從椅子上起身。這裡沒有其他人，老大一定就是他。可是，這個人的模樣跟優斗想像中的「老大」差了十萬八千里。

宛如動物的小老頭——這是優斗對他的第一印象。自從升上國中後，優斗雖然長高了不少，不過還是頭一次見到比自己矮小的大人。灰白的頭髮、略寬的額頭，以及令人印象深刻的豪邁笑容，瘦小身軀穿著合身的高級褐色西裝。

「哦哦，這不是久能七海小姐嗎？你總算來了，冒著大雨，辛苦你啦。」

老大邊說邊將視線從女子移到優斗身上，接待的男子趕緊解釋：

「他替久能小姐帶路，先讓他在樓上的房間躲雨吧。呃，你叫……」

「啊，佐……久間。」

優斗緊張地愣住，老大笑著跟他問好：

「『阿佐』嗎？你慢坐，等雨停了再走哦。」

「不是阿佐。佐久間，我叫佐久間……優斗。」

這次優斗口齒清晰地糾正，老大喃喃自語「佐久間」，表情若有所思。

「我們之前見過面嗎？」

優斗疑惑地問，老大連忙說「不是、不是」，接著忽然提議：

「優斗啊，機會難得，你要不要乾脆留在這裡聽我們說話？」

老大的笑容令人感到有些可疑，但優斗的好奇心凌駕了一切。

「我也可以一起聽嗎？」

他藏不住喜悅地確認。

「當然可以呀，你是國家未來的主人翁，我們歡迎你都來不及啦。」

老大放鬆嘴角大笑。

優斗受邀踏入寬敞的房間。老大的前方有張橢圓形的大桌子，除此之外，室內還擺了一張撞球桌，垂掛在挑高天花板上的水晶吊燈微微搖曳，從大片窗戶可望見狂風驟雨的戶外。

背後的門扉關上後，室內剩下彷彿與世隔絕的三人。優斗和灰套裝的女子在老大的面前坐下。

女子率先開口：

「重新介紹，我是寫信打過招呼的久能七海，今天很榮幸見到您。」

「七海小姐啊，印象中，你的名字是『七座海』的『七海』，代表了全世界的海洋，是個霸氣的好名字呢！我常聽你的上司飛利浦提到你哦，他總是誇讚『Nanami is great』（七海超棒）！」

老大說話時，略顯浮誇地張開雙臂。他跟優斗和七海明明是初次見面，卻直呼他們的名字，感覺有點裝熟。不過，優斗推測這位老先生可能在國外住久了，所以沒有放在心上。

接著才知道，原來七海在美國投資銀行*東京分行上班，專門處理外匯、日本國債等龐大的金流交易，雖然不是律師或檢察官，但優斗也沒有猜得太遠。七海的語氣

---

*服務對象為大型企業、政府、金融機構及避險基金等專業投資人，業務包括股票、債券的發行、企業併購的估價及金融交易等，不對一般大眾提供開戶存款等服務。

有種女強人的感覺，不難想像她的工作需要以氣勢說服別人。

她在椅子上坐得直挺挺的，口齒清晰俐落地說：

「上司要我來這裡好好學習，請教我投資賺錢的方法。」

聽說七海特地花了兩個多小時轉乘新幹線和電車過來，堅定的決心連優斗都感覺得出來，怎知老大違背了她的期待，笑著搖搖頭。

「很遺憾，我不會和你聊任何跟賺錢有關的話題。」

「咦……」

七海明顯皺眉，表情像在說「那是我來的目的耶」。

「我只談『錢』本身哦。」

說完，男人把腳邊的笨重紙袋搬到腿上，將內容物拿出來，堆放在桌面上。

優斗睜大眼睛。

「這些是……真鈔？」

不用懷疑，眼前的物體是成捆的鈔票。鈔票被一捆接著一捆地堆到桌上，來到二十捆、三十捆時，優斗還能大感佩服；但是當鈔票開始超過五十捆後，佩服漸漸變成恐懼。

男人將最後一捆鈔票疊在山頂。

「這裡有一億日元*，雖然蓋不了這棟大屋子，但也足以在這一帶蓋一間普通的豪宅啦。看到這麼多錢，沒有人不會心跳加速吧？」

老大說對了，優斗感覺自己的心臟撲通撲通狂跳。眼前的畫面令他震撼，只能靜觀其變。

「可是啊，這不過就是十公斤的紙片啦。」

完全不把一億日元看在眼裡的模樣實在太酷了！然而，他接下來吐出的話語令優斗大失所望。

「這種東西毫無價值，世界上還有許多更重要的事物，你們這些孩子肯定不懂社會也不懂愛吧？」

老大的話語和導師的說教重複了。這個人也是淨說漂亮話的大人嗎？而且他的態度也太囂張了吧！

---

*日幣換算台幣的匯率，約為一：〇．二二。因此一億日元約為新台幣兩千萬元。

優斗是國中生也就算了，但七海可是頂天立地的社會人士，連她也被當成小孩，可見這位老大有多傲慢。

優斗努力不把心情表露在臉上，對老大發問：

「你是在談論道德嗎？」

然而，老大的回應出乎意料。

「哇哈哈哈哈！」豪邁的笑聲迴盪在房內，「誰在跟你講道德？你當我是誰呀？我只談錢的話題！」

他拍了拍鈔票山，笑著繼續說：

「許多人為錢而工作，感謝錢的幫忙，認為年薪越高越偉大，存款越多越幸福，生活是靠錢在支撐，這種人回過神來便淪為金錢的奴隸了。」

金錢的奴隸。

這句話聽在一小時前才發下豪語「我想做年薪高的工作」的優斗耳裡，顯得格外刺耳。

「我就是不想變成金錢的奴隸，才想多賺一點。」

被老大一起當成小孩的七海出聲反駁，語氣帶著強韌的意志。

「這更加證明了你是奴隸哦。」

老大直接下了判決，七海不甘示弱反問：

「我倒想請教，您認為桌上這一億日元沒有價值嗎？沒有了這些錢，應該會很困擾吧？」

老大緩緩搖頭，表情無比認真。

「不，我甚至想找人收下這些錢。」

本來以為他是逞口舌之快，但似乎不是。老大繼續說下去：

「當然不是誰都可以收下哦，這是有條件的。首先要把我的話仔細聽完，搞懂錢的真相。」

「錢的……真相？」

七海蹙起工整的眉毛。

「很簡單，只有三件事是確定的。」

老大豎起短小的手指，數了起來。

「一，**錢本身不具價值**。二，**錢無法解決任何問題**。三，**所有人都存錢是沒有意義的**。」

這哪是真相？答案全部相反吧？

優斗忍不住說出內心的疑惑：

「你說的話太謎了，因為，錢顯然具有價值啊？」

優斗往旁邊看，希望有人跟他同聲一氣，七海也點點頭，接口：

「我也這麼認為。世上的確有錢無法解決的問題，然而多數問題都能透過金錢得到解決，儲蓄則是為將來做打算的必要行為。」

「太謎了嗎？」老大重複優斗的話語，深思般地撫摸下巴，「只要解開這三道謎，就能看穿錢的真相，不再淪為金錢的奴隸了。不只這樣，我還願意把這棟屋子送給明白這棟建築物真正價值的人哦。」

「您是說，這棟屋子真正的價值嗎？」

七海用估價般的眼神四處打量。

「七海小姐，不是只有你哦，優斗也會留在這裡一起聽，他也是正式的候選人。」

語畢，老大恢復笑容。

優斗把雙手置於桌面，身體躍躍欲試地向前傾。他很在意錢的真相，同時也不想淪為金錢的奴隸。

這位老大很可疑，但他不像在說謊。不說冠冕堂皇的大道理這點，尤其博得優斗的好感。

其實只要冷靜思考就會發現，讓素昧平生的優斗成為候選人也太奇怪了，但他當下沒有多想，甚至還覺得自己有機會贏得大屋。

窗外雷聲大作。

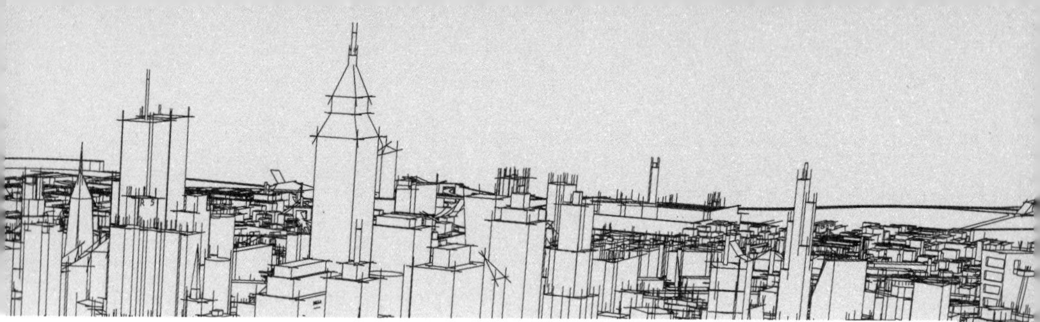

本書宗旨

如何用錢活出更好的人生？

對現代人來說，錢是生活中絕對必要且萬萬不能少的重要工具。

但是，這項工具卻沒有使用說明書，幾乎所有人都在沒機會學習「錢是什麼」的情況下懵懂地過活。錢雖然是極為方便好用的工具，有時也會衍生出大大小小的問題。

很多時候，我們就跟這本書中的主角們一樣，沒有妥善把錢當成工具來使用。錢變成沉重的枷鎖，左右了人生當中的多數選項。

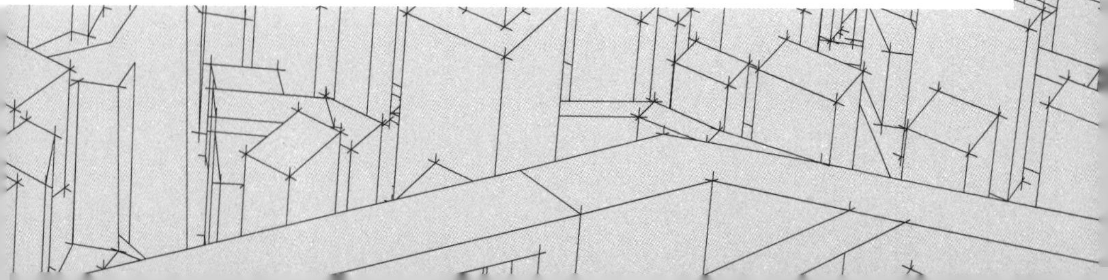

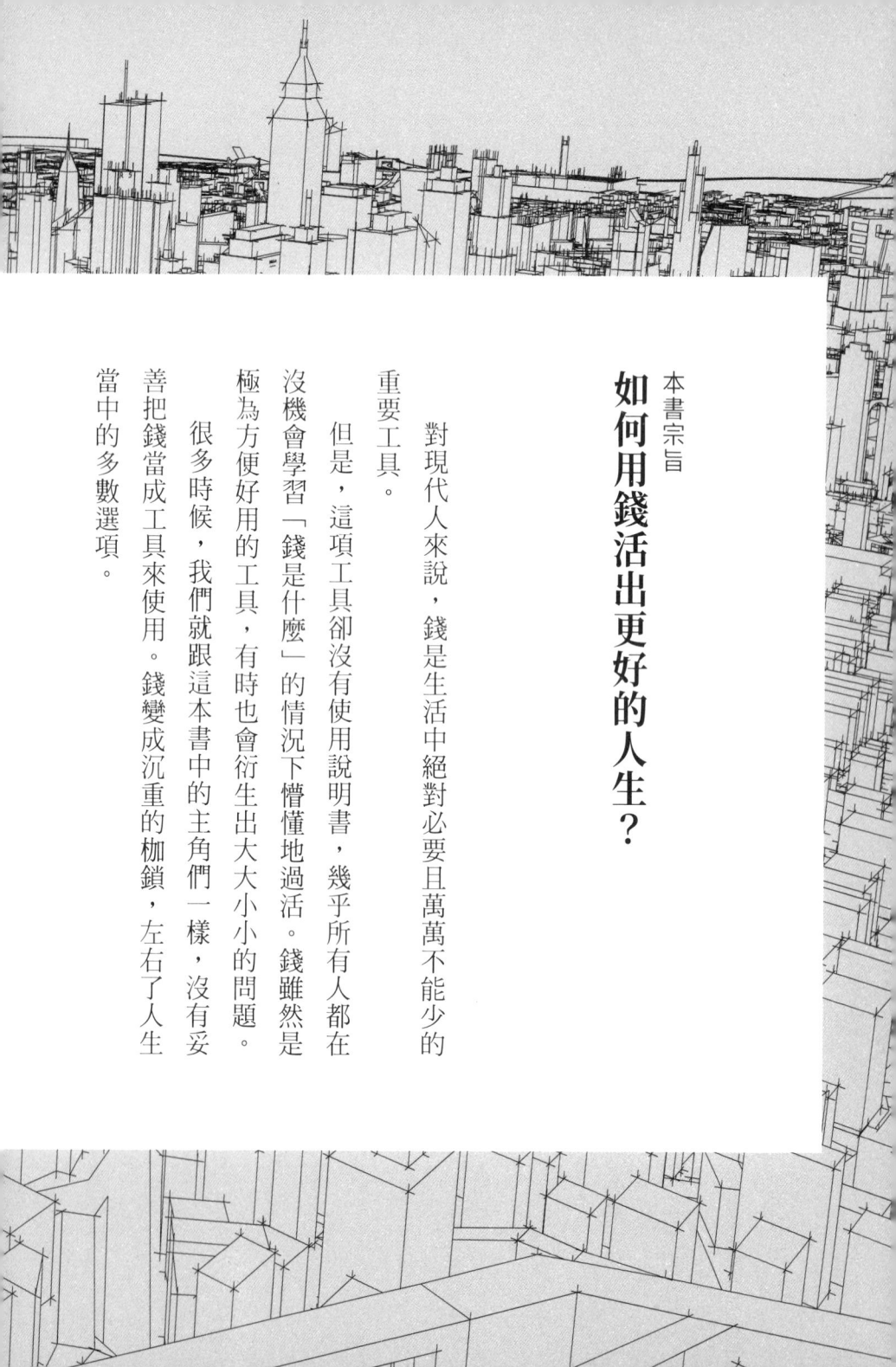

在序章裡，老大提出了三道「錢的謎團」：

1. **錢本身不具價值。**
2. **錢無法解決任何問題。**
3. **所有人都存錢是沒有意義的。**

只要解開這三道謎團，我們就能掙脫名為金錢的枷鎖，遵從自己的意志，把錢當成工具來使用，藉此發掘全新的觀點。

隨著故事進展，各位讀者可以透過這些新觀點，了解人類居住的社會是如何構成，並揭開隱藏在背後的真相。

為了防止你的生活和人生抉擇完全被錢所掌控，讓我們先從了解金錢的謎團開始吧！

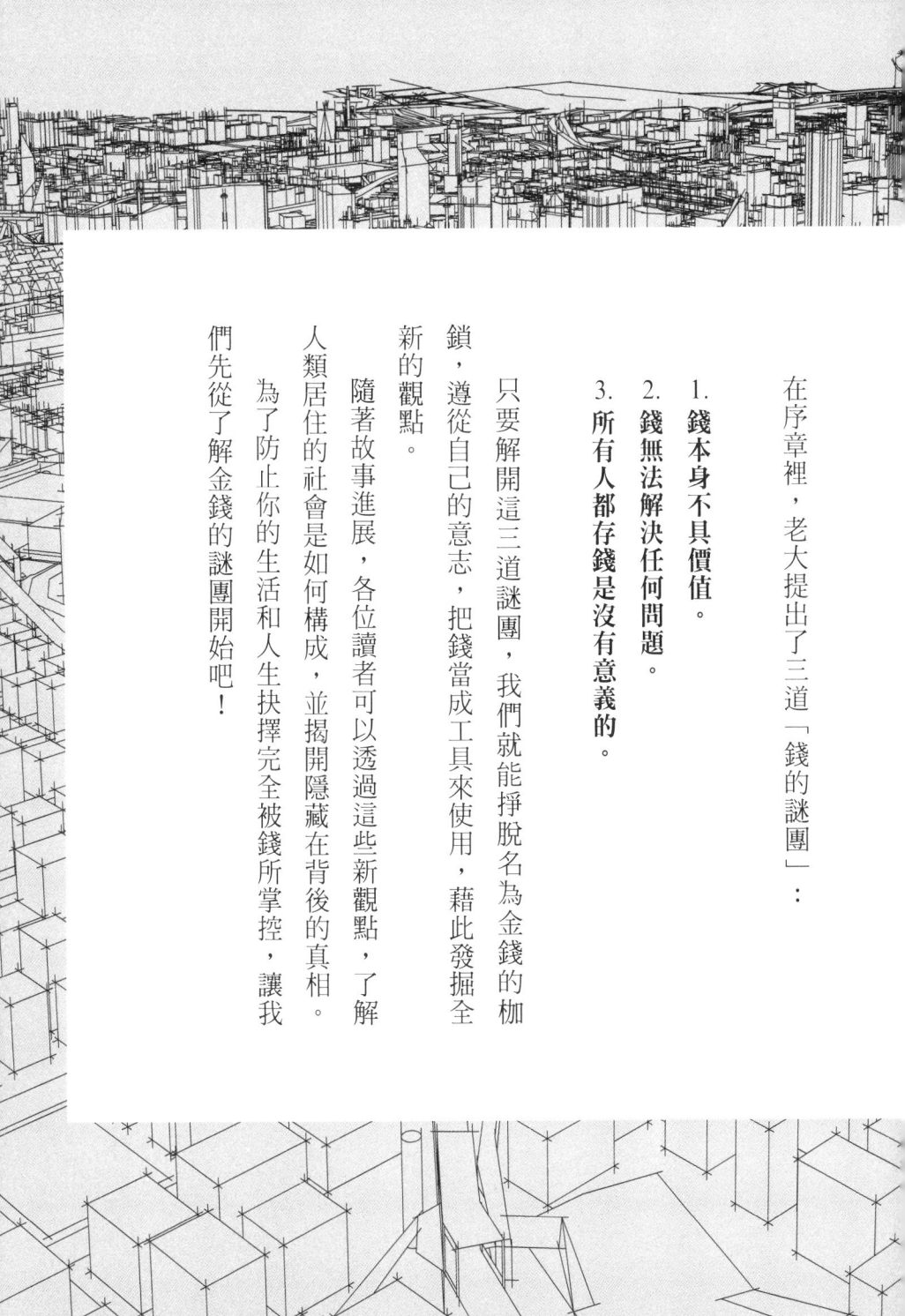

第1章

錢的謎團①

錢本身不具價值

佐久間優斗愁眉不展地走在黃昏時分的商店街，溼淋淋的柏油路在路燈和霓虹燈的反射下發出光澤。放眼所及到處是大片積水，證明了剛剛才下過傾盆大雨，也提醒了優斗——在洋房躲雨不是一場夢。

暱稱「老大」的男人說了三個跟錢有關的謎團，優斗甚至有機會得到洋房。問題是，他連第一道謎團「錢本身不具價值」的答案都還不知道。

優斗在掛著日式門簾的店門前停下腳步。

寫著「佐久間豬排」的藏青色門簾不敵太陽曝曬，接近下端的部分褪成咖啡色。聽說這片門簾是在三十年前，趁都市規劃重整店面時掛上的，如今被說是「很有味道」的日式門簾，聽在優斗耳裡，簡直是窮酸的代名詞。

嘎啦嘎啦地推開門，幾位客人坐在老舊的桌席看電視。晚間六點的新聞正好開始，主播報著全球通貨膨脹導致食品和電費漲價的消息。

掛在牆面的液晶電視尺寸頗大，在號稱很有味道的小餐館裡格外顯眼。

儘管有點後知後覺，優斗還是感到不可思議。沒記錯的話，這台新型電視是寺院或神社給的捐贈品。仔細想想，收下寺院或神社送的禮品不是很奇怪嗎？應該反過來才對吧？

「你跑去哪裡了？」

媽媽從廚房探出頭。由於眼前還有客人，她刻意壓低音量，但語氣依舊透露著不滿。如果老實說「我在鍊金術師的大屋裡聽人談錢」，她應該不會信吧。

「我在圖書館念書。」優斗嘟噥回答，立刻把眼神移開。

「哪裡的圖書館？」媽媽追問，但旋即被客人加點「再一瓶啤酒！」的聲音打斷，優斗因而獲救。

他趁媽媽替客人開啤酒時衝上廚房旁邊的樓梯，逃回二樓住家。

進入自己的房間後，疲勞一口氣湧上來。優斗丟下書包，在雙層床的下層坐下。房內沒點燈但不會暗，商店街的路燈微微照亮室內，可以看見榻榻米的邊緣都磨損綻開了。

對比老大在洋房裡的豪奢房間，位在日式豬排店二樓的自家房間就是如此簡陋。優斗嘆了一口氣。

他在床上側躺，盯著掌心朝上的右手。稍早的觸感甦醒過來，優斗回想起兩個小時前，人生初次摸到的大捆鈔票。

被燒掉的錢

優斗在洋房的其中一個房間，一邊聽著敲打窗戶的澎湃雨聲，一邊面對老大。老大彷彿在說壓箱寶的祕密般，洋洋得意地開口：

「錢沒有價值這件事很好證明哦！證據就是，**每年都有大量鈔票被燒掉**。」

「不會吧？怎麼可能？」

優斗以為對方在開玩笑，露出尷尬而不失禮貌的微笑。

「你要是懷疑的話，就拿去自己看吧。」

老大從鈔票山裡抽出一捆鈔票，像在發撲克牌一樣，手俐落旋轉。鈔票咻地滑過桌面，眼看就要掉下去，優斗暗叫一聲，急忙接住鈔票。第一次摸到這麼厚的一疊紙鈔，他的心跳再次狂跳，除了緊張，心中還冒出其他情緒。

「你想說，錢跟撲克牌一樣嗎？」

老大隨便對待錢的態度令人火大，優斗想要用力嘲諷，但對方似乎不在意。

「是啊，兩邊說穿了都是紙片。所以啦，鈔票用舊了就會被燒掉，市面上不存在老舊的鈔票就證明了這一點。」

優斗在老大的催促下啪啦啪啦地翻過手邊的鈔票，的確連一張舊鈔都沒找到。

「我想也是……」

他不太情願地承認了這個事實，宛如捧著玻璃精工藝品般，小心翼翼把鈔票放回桌面。

老大咧嘴一笑，開始說明：

「鈔票會被弄髒，當然也會破損，大約使用五年就會變得破破爛爛了，所以太舊的鈔票會被丟掉，替換成新的鈔票。如果鈔票本身具有價值，那麼人們就沒道理銷毀它們啦！」

要是在場只有優斗一人聽講，應該會就此接受吧。但不要忘了，旁邊還坐著另一個人。

優斗的左邊坐著七海。

任職於投資銀行的她鮮少開口，以挑釁的神情聆聽老大說話，不像優斗完全被異樣的氣場牽著鼻子走。

七海靜靜放下茶杯。

「恕我直言，這麼做是為了防止通貨膨脹吧？」

「齁齁，很好的方向呢！」

老大興高采烈地回應，優斗不明白是怎麼一回事。

「通貨膨脹不是指物價上漲嗎？這跟丟掉鈔票有什麼關係？」

這個問題由七海替他解答。她似乎不懂什麼叫和藹可親，保持一貫嚴肅的表情，但說明的方式很簡單易懂。

「如果人們身上有太多錢，就會更容易去買東西，使物品的價格提高。比方說，這個一片一百日元的餅乾，可能就會漲到兩百日元，對吧？」

她一邊說，一邊拿起盤子上的餅乾。和紅茶一起端上桌的餅乾散發出香噴噴的奶油味。

「這樣一來，同樣一張千元鈔票，能買到的餅乾就會從十片減少到五片，也就是說，錢的價值下跌了。這樣懂了嗎？錢要是變得太多，價值就會下跌，所以加印鈔票之後，必須把舊的份丟掉。」

優斗腦中冒出從前在課本上看過的一幅圖片。那是一台農業曳引機在銷毀萵苣的照片，旁邊的圖說寫著「產量過剩導致萵苣的價格下跌，圖中正在進行銷毀」。難道說，錢被丟掉的原因，也是為了防止價值下跌嗎？

優斗好像有點懂了，但老大接下來的一番話加深了謎團。

「許多人以為丟棄鈔票是為了防止通貨膨脹，但是正如方才七海小姐所說，要是所有人都為了將來而存錢，錢就會增加，造成通貨膨脹，這不就本末倒置了嗎？」

老大對七海露出挑釁的笑容。

七海挑了挑眉，脫下灰色外套、掛在椅背上，捲起白襯衫的袖子。

「很有趣的觀點呢，我想和您好好討論。」

老大滿意似地點了一下頭，重拾話題：

「**從個人的觀點來看，我們能感受到錢的價值；但是把範圍拉大來看，錢變得太多不見得是好事**——我想說的就是這個。從社會全體的角度來看，對錢的看法就會變得不同哦。」

這段話太過裝腔作勢，優斗聽得有點不耐煩。

「所以到底是哪裡不同？」

「**錢的價值會消失哦！**例如這疊鈔票，看起來就只是紙片。」

老大輕鬆地把手放在鈔票山上，再次露出賊笑。

雨聲以不規則的節奏敲打窗戶。

可丟棄的票券

那天在老大房間裡看見的得意笑容，就像在對優斗下戰帖。優斗從床上彈起，打開書桌燈。

他嘴上抱怨「真麻煩」，實際上已燃起解謎的欲望。

打開筆記本，上面寫著老大說過的重點。

「從個人的觀點來看有價值，從全體來看價值會消失。」

優斗盯著這句謎語，伸手拿起手機。

稍微搜尋一下，馬上找到相關資訊——日本每年大約有三十兆日元的舊鈔被燃燒銷毀。

真的假的？優斗心想。聽說把三十兆日元的鈔票疊在一起，有三百公里這麼高，足以抵達國際太空站了！

老大給他看的鈔票山已經夠驚人，想不到每年銷毀的鈔票可以直達太空！優斗想像鈔票疊成的柱子被燒掉的畫面，這已經不是浪費不浪費的問題了。高聳入天的鈔票柱子崩解倒下，數不盡的萬元日幣從天而降，腦海出現人群爭先恐後搶奪的畫面。

聽說負責燒掉鈔票的，正是發行紙幣的日本銀行。

優斗從錢包裡拿出唯一一張千元日幣，在光源下仔細端詳。紙上印滿細緻的圖形，上面清楚列出幾個字「日本銀行券」。

「券」指的是票券。

感覺真奇妙，難道錢就跟優惠券和電影票一樣嗎？優斗最熟悉的票券，是佐久間豬排店的千元餐飲折價券，顧客要蓋滿十個章才能獲得。

優斗又想起一件事，他在店裡幫忙時，會順手撕掉從客人手中接過的折價券，這個舉動曾嚇到剛好來家裡玩的朋友。

「好浪費哦，與其丟掉，不如送給我。」

在朋友看來，這麼做形同撕毀千元鈔票。優惠券和電影票也是，對使用者來說具有價值，但是對發行方來說不具價值。難道燒掉萬元鈔票也是類似的感覺嗎？

優斗又重讀了寫在筆記上的句子。

「從個人的觀點來看有價值，從全體來看價值會消失。」

他還無法掌握「全體」的意思。下週去老大家拜訪前，一定要設法解開這道謎。

黃金與欲望的歷史

每逢星期天中午，優斗都會深深慶幸自己是日式豬排店的小孩，因為這天能吃到他最愛吃的炸豬排飯。哥哥總會傻眼表示「你還吃不膩啊」。

這天也沒有例外，優斗大口扒著淋上半熟蛋的炸豬排飯，開心地補充能量後，跳上自行車，前往市立圖書館的總館。這麼做當然是為了釐清老大的謎語。

上次來總館已經是小學時的事情了。優斗在飄著老舊紙張與墨水味的館內走著，尋找金錢相關的書籍。

眼看懷裡的書越來越多，他的視線被一本跟黃金有關的書吸引住。

內容是在介紹黃金的歷史與人類的欲望史。原來金子不只是一種貴金屬*，古時候也經常用來代替貨幣，其美麗耀眼的價值跨越了國界，連在對外國交易時也是重要的寶物。

在大航海時代，葡萄牙和西班牙等國家展開航海探險的目的之一，就是取得黃金。對黃金的龐大欲望，使他們在世界各地尋找金礦。

書上還記載了五百年前發生的悲劇。當時，繁榮的阿茲特克帝國†首都曾有完善的陸路和水路交通系統，飲食文化也很發達，甚至會喝類似可可的飲料。

然而，阿茲特克人的生活連同城市遭到西班牙摧毀。西班牙出征的目的是搶奪阿茲特克儲備的黃金。他們不只奪走黃金，還將居民當作奴隸使喚，僅僅半個世紀，曾經多達一千萬人居住的國家，人口減少至一百萬人。

能讓一個國家毀滅的黃金究竟代表了什麼？無論哪個國家、在哪個時代，黃金都能魅惑人心。

「因為覺得黃金有價值，所以也覺得鈔票有價值。」

七海在老大的房裡這樣說。老大接下來的回應，令優斗格外印象深刻。他今天會跑來圖書館，就是被那句話推了一把。

＊稀少昂貴、美觀、具有高度保值性的金屬分類，以金和銀為代表。

†由美洲原住民建立的古代政權，存在於十五世紀至十六世紀初，位於現今墨西哥中部。

兌換紙幣和不兌換紙幣

老大瞥了一眼窗外下個不停的雨，丟出這個問題：

「你們認為，人們為何覺得名為鈔票的紙片有價值，並且使用它呢？」

面對這個問題，七海撥了撥褐色長髮，自信滿滿地回答：

「很簡單，因為以前發行過『兌換紙幣』。」

「兌換紙幣？」

突然冒出的陌生詞彙，使優斗疑惑地回問。

「對，從前的鈔票叫兌換紙幣，可以在銀行交換等量的黃金，就是因為這樣，人們才開始覺得鈔票是具有價值的。相對地，銀行必須備有跟紙幣的發行量相同價值的黃金才行。」

她說明得很仔細、有條不紊，但眼神還是一樣銳利。

「然後，當人們開始相信紙幣後，兌換紙幣就改成『不兌換紙幣*』了。」

「這次不能兌換……嗎？」

「是啊，不能用來交換黃金了。如此一來，銀行才能在不被黃金的儲備量限制的情況下，更加自由地發行紙幣呀。相對地，紙幣的價值則由日本銀行和日本政府來擔保。」

「是叫『兌換紙幣』和『不兌換紙幣』對嗎？」

優斗把兩個詞彙輸入手機，查到字怎麼寫後，便感到心滿意足，這時老大突然丟來奇妙的問題：

「優斗啊，你知道宇宙是怎麼形成的嗎？」

儘管對話題的跳躍感到困惑，答案仍自然脫口而出：

「知道啊，因為大霹靂嘛。」

「那麼，大霹靂是指什麼呢？」

「咦……大霹靂是……記得是某種大爆炸？」

優斗卡住了。在被問之前，他甚至沒思考過這件事。察覺自己其實什麼也不懂，他羞愧地皺起臉。

＊即法定貨幣。

「我想說的就是這個，如果覺得記住困難詞彙就是學會了，學習就會止步哦，世界上到處是這種人。」

七海沉著臉，同意了老大的看法。

「我有切身感受。為了不被這種客人瞧不起，我會刻意使用艱澀的詞。」

「你說，為了不被瞧不起？」

連優斗都感覺得到，七海很在意這件事。

「沒錯，像我這種年輕女性，在日本社會很容易被人瞧不起，所以當客人問我『股價上升的原因』時，我會故意使用專有名詞說得很難懂，像是『全球化的流動性過剩市價』之類的。」

「我完全聽不懂。」

優斗抓抓頭。

「沒關係，你知道嗎？許多大人只要記住困難的名詞就會很滿足，剛剛那句話只是在說『世界上有太多錢了』。」

七海青澀地微微一笑，這是她初次展露笑顏。

她之前是在擔心初次拜訪被瞧不起吧。優斗心想。儘管立刻恢復成銳利的臉孔，但優斗現在覺得，那只是稍稍收斂神色罷了。

老大用溫暖的笑容看著兩人，總結道：

「那些人大概誤把艱澀的詞彙當成智慧的果實啦，以為記住『流動性過剩』，自己就融會貫通了。但是啊，吃下智慧的果實不會變聰明，因為智慧是要培育累積的，**重要的是自己調查、用自己的話語仔細思考。**」

用一萬日元賣水的方法

老大那天的教誨，至今仍殘留在耳裡。

「自己調查、用自己的話語仔細思考。」

今天優斗專程來到圖書館，就是想實踐這句話。

無法交換黃金卻仍保有價值感的鈔票，真是劃時代的發明啊。假如阿茲特克的時代也以紙幣代替黃金，或許就能免於被侵略的命運。

優斗恣意幻想著五百年前的世界，不知不覺間，來到圖書館的閉館時間。在廣播鈴的通知下，他把讀完的書放在還書架上，離開了圖書館。

重新騎上自行車後，他再次回憶老大的問句。七海與老大的談話還有後續。

在雨聲稍歇的老大房間內，他先稱讚了七海，接著否定道：

「七海小姐不愧是在投資銀行工作的，懂很多呢。確實，是政府和日本銀行擔保了紙幣的價值，但我的問題是：**為什麼人們要使用它？**」

「因為覺得有價值，所以才使用啊，難道不是嗎？」

七海的褐色眼眸，不服氣地睨向老大。

「真是如此嗎？打個比方吧，那片餅乾是用發酵奶油做的人氣餅乾，但你一口也沒吃呢。」

她沒吃擺在面前的五片餅乾。其實優斗很想說，如果你不想吃的話，就給我吃吧。

「這個餅乾超好吃耶，不吃很可惜哦。」

七海聽了優斗的話，摸著肚子說：

「我午餐吃太多了。」

「就是這樣！」老大指出重點，「就算覺得有價值，要不要使用也取決於當事者啊。有時就算覺得東西好吃，我們也不會吃。不是被強迫或是不合胃口的問題，證據就是，哪怕是再難吃的餅乾，也存在著讓人吃下去的方法。」

只要了解這個方法，就能解開人們使用鈔票的原因嗎？還有關於「從全體來看，鈔票的價值會消失」這道謎，老大說，答案留待下回分曉。

這樣的方法真的存在嗎？

從圖書館回家的一路上，優斗都踩著自行車拚命思考。最後他並未找到線索，抵達了自家的日式豬排店。

回到二樓房間，哥哥趴在榻榻米上看漫畫，優斗在雙層床的下層坐下。

「你怎麼這個時間在家？補習班停課嗎？」

哥哥是大學考生，平時總是補習到很晚才回家，兄弟倆在吃飯以外的時間很難得能悠哉聊天。

哥哥把漫畫擱在榻榻米上，伸展手腳躺成大字形。

「我在休息啦，休息。我從一大早就在模擬考，簡直累壞了。」

優斗對哥哥露出小狗般無辜的眼神。

「哥，問你哦，你覺得用什麼方法能讓人吃下難吃的餅乾？」

哥哥把雙手背在腦後，問「這是什麼問題？」，然後一邊做仰臥起坐，一邊靈活地說：

「我好像聽過類似的問題，像是，如何用一萬日元賣一罐水。」

「辦得到嗎？」

大概是一邊做仰臥起坐很累吧，哥哥停下來，坐直身體。

「方法滿多的，最簡單的答案就是把那個人關在房內，暖氣開到最大，這樣一來，那個人就會因為口渴而想喝水。」

「那麼，我的問題也能用『把對方關到肚子餓』來回答嗎？」

優斗也半開玩笑地隨口瞎掰，怎知哥哥豎起食指朝他一指。

「沒錯！這一定就是答案！」

這太扯了，不可能吧？優斗不禁苦笑。不過，久久和哥哥說上話，一起閒聊瞎扯，他覺得很高興。

藏在稅金裡的祕密

距離下大雨的日子過了一週，優斗和七海再次造訪老大的房間。優斗的腳步頗沉重。他本來想解開謎團、挫挫老大的銳氣，結果卻沒找到合理的解答。

一進入房間，老大就說「謝謝你們來」，笑咪咪地出來迎接。橢圓形的桌上已備好三人份的紅茶和磅蛋糕。

老大從櫃子裡拿出一只瓶子，在自己的茶杯裡倒入少許褐色液體，甜甜的焦香味輕搔優斗的鼻腔。

「我看你之前也加了。那個褐色的液體到底是什麼？」

「這是洋酒，叫白蘭地，搭紅茶簡直是絕配呢。」

只見他將茶杯舉到鼻子前，慢慢吸氣。

「好啦，繼續先前的話題，要怎麼做才能讓七海小姐吃下餅乾呢？優斗，你有想到答案嗎？」

老大用惡作劇的眼神看著優斗。

「真的有答案嗎？我只想到胡來的方法……」

「呵呵，胡來的方法嗎？願聞其詳。」

「我想一定不對……」優斗先聲明，以防被笑，接著說出自己想到的答案，「把七海關在這裡，等她肚子餓就會吃了……」

「喂，會不會太過分？」

優斗傻笑閃躲七海刺人的視線，老大發出悔恨的聲音。

「唉，被你猜中啦！」

他從口袋取出鑰匙，舉高對著兩人，嘴巴說「喀恰」，同時轉動手腕。

「像這樣，在房裡關個半天就行啦，再難吃的餅乾都會吃下去。」

優斗愣怔張嘴，他從沒想過自己的答案是正解。

旁邊的七海乏力呢喃：「是這樣沒錯，但……」

老大笑著繼續說：

「唉呀，別露出這種表情，只是用來比喻嘛。人們會開始使用紙幣，也是因為被餓肚子呀。」

「餓肚子？什麼意思？」

優斗發問，老大把身體向前探。

「你們不覺得奇怪嗎？」他先提問，接著道出真相，「日本在江戶時代*，一直都是使用銅錢和一種叫小判的金幣，但是進入明治時代†以後，一元紙幣、十元紙幣開始迅速流通。一八七三年，國立銀行首次發行了日元的紙幣，你們知道這一年發生了什麼大事嗎？」

「一八七三年頒布了徵兵令和地租改正‡，對吧？」

優斗才剛準備完期末考，這個問題對他來說是小菜一碟。

「你好厲害，記得真清楚。」

七海另眼相看，優斗也大方接受讚美。

「歷史是我的拿手科目，不過也只熟悉哪一年發生了什麼事。」

---

* 一六〇三年至一八六八年，日本由江戶幕府統治的時期。

† 一八六八年至一九一二年，明治天皇在位的時期。

‡ 明治政府為了穩定國家收入所推行的制度，包括制定地價、向農民徵收三％的地租，無論豐收或歉收都要以現金繳納。這件事也引發了農民起義（一揆事件）。

老大開心地點點頭。

「你知道得真清楚。就是因為地租改正，政府徵稅時從米改為紙幣，紙幣成為必需品，人民因此產生『飢餓感』，就使得紙幣迅速普及啦。」

「這麼簡單？」

優斗一時之間無法相信。

「這跟上學不同哦，不是說聲『慘了，忘記帶作業啦』就能算了，人民會被警察抓、土地會被沒收，必須拚了老命得到紙幣才行呢。」

「可是，既然人民是為了繳稅才需要紙幣的，那就不需要用紙幣兌換黃金了，不是嗎？」

七海冷靜地瞥向老大。

「是啊，兌換黃金比較像腳踏車的『輔助輪』，突然叫大家使用紙幣，剛開始都會混亂嘛。事實上，當時有許多農家跟不上新制，因此失去了土地。所以一開始總要裝上『可以換黃金』的輔助輪，用主要的輪子來徵收稅金。」

「原來如此，」七海對老大的說明輕輕點頭，「虛擬貨幣並不普及，一定也是因為這個原因。即使許多人相信它的價值，但是因為不曾為此『餓肚子』，所以沒有普及，總算搞懂一切了。」

「是啊，但如果以後改成一定要用虛擬貨幣來繳稅，人們就會一口氣想要虛擬貨幣啦。」

慢慢聽著老大解釋後，優斗也漸漸看出錢的真相。

「雖然還沒有真實感，但我大概明白是怎麼一回事了。可是，『從全體來看價值會消失』是什麼意思？我還是搞不懂。」

「哦，你實際『做做看錢』就知道啦！」

老大把「做錢」說得跟做餅乾一樣輕鬆。他說聲「我去拿材料」，快步離開房間。少了他，寂靜頓時在房內蔓延開來。

自己發行紙幣

老大坐的椅子後方有一座高達天花板的櫃子，裡面擺放著各項雜物，除了白蘭地的瓶子，還有外國的打擊樂器、藍色地球儀、帆船模型、棒球選手的搖頭公仔與駱駝造型桌上鐘。

然後，其他空間則被大量書籍占滿。令人驚訝的是，錢跟經濟的相關書籍意外地少，裡面更多是歷史類、社會問題與教育類的書。

三分鐘後，老大回來了，「嘿咻」一聲在座位坐下。

「久等了，久等了，來！要不要發行看看『佐久間幣』（Sakuma Dollar）？」

「佐久間幣？什麼東西？」優斗反問。

「來做佐久間家專用的錢吧！發音聽起來很像佐久間水果糖（Sakuma Drops）*，感覺很好吃。」

印象中，這是從前流行過的糖果名，儘管優斗不知其原因及由來。

「如果可以，在你家做會更有臨場感，但總不能真的跑去嘛，我們先當這裡是你家吧。我是你爸爸，七海是你媽媽。」

即使聽了說明，優斗還是完全在狀況外。

我行我素的老大絲毫不以為意，遞給七海一副撲克牌和簽字筆。

「可以幫我在撲克牌的數字面寫上『一佐久間幣』嗎？全寫是一項大工程，先寫幾張就行了。」

七海雖然面露困惑，仍立刻按照指示作業。每當她振筆，撲克牌上就會多出黑字寫著「一佐久間幣」。

另一方面，老大一面哼歌，一面用鋼筆在紙上寫字。那支鋼筆用起來相當順手，可見是經年累月的愛用品，雖然是偏舊的款式，紋路散發出懷舊氣息，但表面的金工裝飾十分高雅。

「好啦。」老大萬分珍惜地將鋼筆收進內側口袋，開始說明：

「這副撲克牌連鬼牌加起來，一共有五十四張牌，現在媽媽發行了五十四佐久間幣，功能就像發行萬元鈔票的日本銀行。」

老大從七海手中接過撲克牌，同時和她交換自己寫的紙，紙上只有三行字。

＊老牌佐久間製菓公司生產的罐裝水果糖（一九〇八至二〇二三年），因為在吉卜力動畫《螢火蟲之墓》的重要場面出現而深植人心。

借據

我先借了五十四佐久間幣，一年後連同利息歸還。

佐久間爸爸

「身為爸爸的我呢，功能就像政府。剛剛交給你的是借據，事實上，日本銀行持有大量稱為『日本國債』的政府借據，我重現了日本的實際情形。不用想得太複雜，想成是爸爸借了媽媽發行的佐久間幣就對啦！如此一來便準備完成！」

「請問我該做什麼呢？」

「這樣比喻吧，除了優斗，還有很多小孩，大家組成了一個小社會。某天呢，優斗幫家裡做事，爸爸向他道謝，給了他五佐久間幣。」

老大從撲克牌堆裡取出五張牌，手俐落一翻，撲克牌就跟上次一樣，從桌面這一端滑到優斗坐的另一端。

「來，感覺看看吧，你覺得這個佐久間幣有價值嗎？」

優斗在老大的引導下攤開五張撲克牌，牌面僅有用渾圓字跡寫著的「一佐久間幣」，他實在無法從中感覺到任何價值。

「沒辦法耶，什麼都感覺不到。」

「來，我再問個問題哦，佐久間家雖然發行了五十四佐久間幣，但是家人的生活有因此變好嗎？」

「不會啊，怎麼可能因為幾張撲克牌就變好呢？」

老大一連問了幾個沒意義的問題，優斗有些不耐煩了。

撲克牌和鈔票山看起來相同的一刻

「剛剛只是確認而已，不用著急，你接下來才會感覺到價值。好啦，現在來導入稅金制吧。優斗，你認為生活的必要物是什麼呢？」

老大的問題令人費解，優斗試著提出當下想到的東西。

「吃飯、手機、電子支付，這一類吧？」

「不愧是現代社會的小孩，好，用手機抽稅吧。爸爸我呢，即將對所有孩子宣布『從今天起，每天不繳五佐久間幣就不能使用手機』，爸爸我可是來真的哦！不遵守的話，你們的手機就會被沒收！光聽宣言，手邊的撲克牌還是一般的紙牌，對吧？現在，請你們好好想像之後的生活。」

優斗閉起眼睛，認真想像實施後的情形。他不敢想像沒有手機的生活，爸爸的命令是絕對的，這下只能繳納佐久間幣了。

倏地，優斗的腦中亮起燈。

「啊……原來如此！聽懂命令後，我忽然覺得這些牌很重要、具有價值。少了它就不能使用手機耶，太慘了吧？」

老大的說明終於慢慢沁入心裡。不繳佐久間幣，手機就會被沒收；不繳一元鈔票或十元鈔票，土地就會被沒收。

現在日本人使用的萬元鈔票也是一樣的道理。佐久間幣和百萬元鈔票山，兩者總算串在一起了。一旁的七海也心領神會地點點頭。

「優斗啊，你上次來時對我說『你想說，錢跟撲克牌一樣嗎？』這下懂我的心情了吧？」

老大調皮地笑了笑，眨眨一隻眼。

「啊啊，這下懂了。」

優斗哀號，發現自己中了眼前這個小老頭的計。

「現在對優斗個人來說，佐久間幣已經產生價值了，可是對家庭全體來說呢？雖然增加了五十四佐久間幣，但生活變好了嗎？」

「對家庭整體來說沒什麼改變吧？」

回答之後，優斗總算明白問題的意義。就是上次老大說的，就算錢對個人來說具有價值，對全體來說也沒有價值，這次他用撲克牌做的錢解釋了這件事。

「導入稅金制後，佐久間幣在孩子們心中產生了價值，但紙幣本身並沒有創造什麼價值，對吧？」

「可是，等一等，這樣下去我會傷透腦筋的。」

優斗察覺了重要的事情。

社會是用錢拓展的

「我這裡有五張佐久間幣，可以使用手機一天，可是接下來該怎麼辦呢？」

老大拿起整副撲克牌，替不安的優斗解答：

「導入稅金後，接下來換薪資登場啦。爸爸我呢，再次對孩子們宣布『以後你們自己分擔所有家事，相對地，爸爸會付薪水給你們』，這樣就解決啦。」

只要提供支付薪水的工作，錢就會自然循環——老大如此說明。打掃客廳支付十佐久間幣，準備晚餐支付十五佐久間幣，像這樣提供工作並支付薪水。聽說政府付給公務員的薪資就是這樣。

但是老大也說，不做政府給的工作也沒關係，可以選擇其他工作。

「假設優斗的哥哥負責準備晚餐，從政府那邊領到十五佐久間幣，優斗幫哥哥搥背按摩，也能賺到五佐久間幣哦。」

使用佐久間幣所帶動的經濟不是只有政府的工作，像搥背按摩這類的民間支薪工作也會自然增加。

「錢本身當然不具價值，但是透過稅制的導入，錢在個人觀點產生了價值，因而流通。」

老大的話語具有說服力。小小的紙片可以鞭策人們去工作，真了不起！可是，優斗也有一點感到傻眼。

「說來說去，政府就是要逼大家去工作嘛。」

「不對，不對，政府不是國王哦！你們兄弟倆做家事不是為了別人，而是為了自己的生活。在稅制導入前，你們不曾做家事，你也不曾替哥哥工作，對吧？現在呢，**變成大家為彼此工作的社會啦**。」

「你說的情形，真的跟現實社會一樣嗎？」

老大用問題回覆優斗的半信半疑。

「優斗，你的父母在做哪類生意呢？」

「我家是賣豬排飯的。」

「豬排飯啊，太讚了吧。也就是說，你可以常常吃到美味的豬排囉？」

「豬排倒是還好耶，炸物比較多。」

他想起昨天吃的炸竹莢魚，順口回答，老大聽完突然說出奇怪的話：

「問你哦，你曾經突然想吃咖哩，然後闖入陌生大叔家吃咖哩嗎？」

「什麼鬼？咖哩強盜？」

優斗笑出來。怎麼可能突然跑進陌生人家？對方若真的端出咖哩飯，他反而會嚇到不敢吃。

接著，老大故意說「真奇妙呀」。

「優斗啊，你家不就會對突然闖入的陌生大叔端出豬排飯嗎？」

說到這裡，優斗才恍然大悟。

「啊……你是指客人嗎？」

「沒錯，你的父母會替陌生大叔做豬排飯，七海小姐為交易方付出自己的時間，全是因為有『錢』這項工具存在的關係。因為全日本都使用一樣的日幣當作錢，人民才能支持彼此的生活呀。」

優斗開始可以想像了。全世界只有日本使用日幣，有超過一億人口在此生活。

「反過來說，眼前出現再多外國的錢，只要無法兌換成日幣，日本人就不會為它工作。」

老大的解說翻轉了優斗對日幣的價值觀，真是眼界大開。可是，既然住在日本的所有人都渴望得到日幣，就表示大家可以使用日幣在日本生活。

優斗忽然靈光一閃。

「那麼，只要全世界使用一樣的錢不就好了？這樣所有人就能互助合作。」

這個提案使老大吃了一驚。

「很銳利的提問呢，不過有個問題。錢關係到國家的稅金，因此，不同國家要使用一樣的錢並不容易，但是像歐洲的眾多國家，就努力朝這個方向邁進。七海小姐也有接觸外幣吧？」

七海忽然被點名，不慌不忙地開口：

「您是指歐盟對吧？我們公司最常交易的外幣是美元，其次就是歐元。從前，歐洲國家的錢是分開的，法國是用法郎，德國是用馬克幣，義大利是用里拉……諸如此類，統整為歐元之後，經濟也一同成長。」

輕鬆聊著工作話題的七海，在優斗眼中帥氣不已。老大也開心地聽著她說話。

「沒錯，貿易時使用一樣的錢比較方便。歐洲國家的特色就是有的國家擅長做衣服，有的國家擅長做汽車，大家一起使用歐元，就能創造更多人相互支援的經濟體系啦。」

在優斗的心裡，對錢的想法逐漸改觀。

他之前一直覺得錢冷冰冰的，**原來錢也有溫暖的一面，能把大家繫在一起**。

老大的真面目

至此，優斗終於明白「錢本身不具價值」的意思。

解開第一道謎團後，他放心喝光冷掉的紅茶，兩口掃光眼前的磅蛋糕。

「很棒的吃相，我的份也拿去吃吧。」

老大遞出自己還沒吃的磅蛋糕，接著關心只吃了一口的七海。

「你今天也不餓嗎？」

怎知，她突然說起不相干的事：

「我認為，人與人要互助合作，聽起來太冠冕堂皇了。遇到困難時，幫助我們的東西是錢，人活在世界上，能依賴的只有錢了。」

七海似乎篤信著什麼。她一邊慢慢說，一邊像是在鼓舞自己。

她的每一個字句，老大都用溫柔的眼神呵護著。

「所以，我想要多賺一點錢。」

這番話完全否定了老大今天想說的事，至少優斗聽起來是這樣。但是，老大沒有反駁，靜靜地說：

「七海小姐的感覺才是最真實的，關於這點，我們下次慢慢談吧。」

「是，請讓我下週繼續拜訪研究所。」

聽到這裡，優斗察覺了意外的事情。

「咦？這裡是研究所嗎？」

老大盤起十指，露出俏皮的眼神回答：

「這裡是『錢的另一端研究所』哦！」

「錢的另一端研究所？」

這個奇妙的名字使優斗納悶地歪頭。

「沒錯，由我創立的研究所，我在這裡一邊研究經濟，一邊進行投資哦！」

「所以……老大是所長？」

見到優斗一臉驚訝，七海褐色的眼眸轉向他。

「咦？你不知道就跟著叫老大？老大的英語是Boss，也有老闆、所長的意思。」

優斗垂下肩膀，大大鬆了一口氣。

「什麼啊，早說嘛。我聽你叫他老大，還以為他是什麼奇怪組織的首領耶。」

「唉，不要說得這麼難聽嘛，我現在不做壞事了，哇哈哈哈哈！」

房裡充滿老大的笑聲，優斗雖然也跟著笑，但腦袋裡莫名在意著「現在」二字。

當天還留下一個謎團。

老大詢問優斗父母的職業時，說的是：「你的父母在做哪類生意呢？」他已經預設優斗的父母不是上班族，而是在做生意。

也許他曾經來吃過豬排飯。但若是如此，他大可以說出來啊？此時此刻，優斗完全沒想到老大之所以隱瞞的意外原因。

第 1 章　重點摘要

錢是幫助生活的工具

☑ 稅金制的導入，使錢（貨幣）成為必要物品。

☑ 政府使用徵收到的稅金，使金錢循環。

☑ 錢對個人來說擁有價值，對全體來說沒有價值。

☑ 錢實現了人與人互相支援的社會。

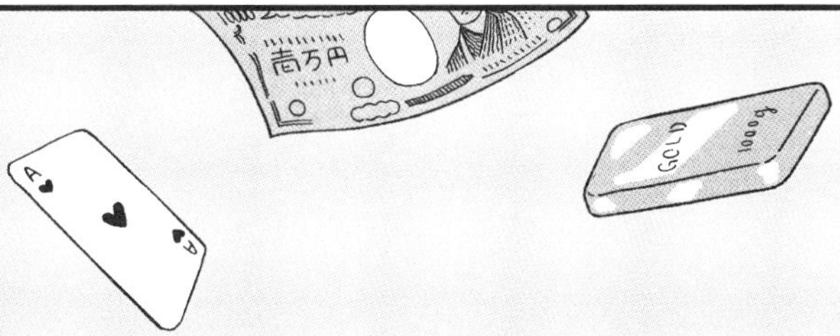

第
2
章

錢的謎團②

錢無法解決任何問題

優斗從按下手機鬧鐘的那一刻，便從香味猜出早餐是什麼。

來到餐桌前，父母已坐下，同聲說「開動」。一如所料，餐桌中央的盤子上盛著滿滿的煎餃。

漢堡排和天婦羅也是佐久間家的固定菜單。他們家經營日式豬排店，白天和晚上都要開店做生意，全家人只能趁早上一同用餐。舉凡火鍋之類的圍爐料理，也都習慣在早餐時間吃。大概是因為這樣，每次優斗在連續劇裡看到一家人晚上圍爐吃火鍋的場景，都會產生一種彷彿在冬天吃刨冰的錯亂感。

電視上的生活情報節目，正在介紹今日星座運勢。

媽媽看見射手座的幸運物，忍不住吐槽「誰會戴金色帽子啊」，同時將沾了柚子醋的煎餃放在白飯上。

相較之下，爸爸總是很安靜，跟喜歡閒話家常的媽媽完全相反。但他不是文靜，偶爾會突然說話，丟來的話語如鉛塊般沉重。

譬如現在，挑燈夜戰的考生哥哥終於起床，來到餐桌前，此時其他三人已經快要吃完。爸爸喝完味噌湯、放下碗筷後，靜靜開口：

「你以後要多賺錢，考間好大學，去好公司上班。」

哥哥只回答「嗯」，把煎餃送入口中。

優斗一陣心驚膽跳。

聽到「你」的當下，他以為爸爸要拿哥哥跟自己比較，不過很快便發現是自己搞錯了。

那是昨天晚上發生的事情。

優斗躺在床上看一本數學家被謀殺的推理小說，看到一半，樓下店面傳來騷動，他好奇地躲在樓梯上方偷看，發現是酒醉的客人在找媽媽麻煩，大吼大叫「給我重做」。聽起來是他自己光顧著喝啤酒，把炸豬排放涼了。

這分明是在刁難人。問題是，把「客人就是神」奉為口頭禪的媽媽非常在意店裡的評價。

此刻，她也說著「對不起，馬上幫您重做」，向酒醉的神賠不是。媽媽盡量放低音量，廚房傳來爸爸炸豬排的啪嘰啪嘰聲。

昨晚爸爸的臉，肯定就跟剛才一樣臭吧。那句「你以後要多賺錢」如同巨石壓迫著胸口，語氣中更傳達出爸爸的憾恨。

爸爸起身離席，默默收拾碗盤，背影消失在漆黑的樓梯下方。一樓廚房開始進備料了。

二樓被媽媽對著電視機自言自語的明亮聲音包圍，優斗卻開心不起來。爸爸投下的鉛塊，還沉沉殘留在胸口。

錢不是萬能的

星期六早晨，大屋的老大房間裡盈滿了紅茶香。又過了一會兒，優斗對面的座位飄來淡淡的洋酒香。

「好啦，今天要解開第二道謎團——錢解決不了任何問題。」

「您是指『錢解決不了所有問題』吧？」

七海確認道，然而老大搖搖頭。

「不對……不對，就是字面上的意思，管他是哪種問題，錢都解決不了哦。」

「可是……」優斗不服氣地咕噥，老大的視線隨即轉向他。

「哦，看來優斗和七海小姐一個鼻孔出氣呢。」

「因為這是事實啊……大家忙著賺錢，不就是因為錢可以解決各種問題嗎？客人就是神，只要有錢，連奧客都能當大爺。」

老大從優斗的話中嗅出端倪。

「哦？客人是神？你聽起來不怎麼認同嘛。」

優斗想起那件事，脫口而出：

「來我們家吃豬排飯的客人裡，有個超級跩的傢伙，但我媽卻一再強調『客人就是神』……」

「那位超級跩的客人，大概以為錢是萬能的吧。」

優斗覺得受到鼓舞，一口氣發洩出累積已久的怨氣。

「錢有這麼偉大嗎？做飯給他吃的又不是錢，是我爸媽耶！連小孩都知道要感謝付出的人，為什麼開店就要被羞辱啊？我不要求他道謝，但他以為有錢就能當大爺，真的很可惡耶！」

優斗越說越生氣，忍不住繼續批評，那個奧客的態度有多差、要求有多無理，還有父母是多努力才忍下來。

老大沒有打斷他，邊點頭邊聽他說。說著說著，優斗也自然說出「自己和哥哥能去上學、補習，全是多虧了父母」等感謝話語。

確認優斗統統說完了之後，老大才開口：

「我不認為錢很偉大哦。這不是在談論道德，而是拋開情緒、冷靜思考的結果。不過啊，想要冷靜思考，你就得站在那位客人的角度思考。」

「從他的角度思考？我做不到。」

優斗沒想到自己會被拿來跟奧客類比，奮力搖頭，但老大堅持要他換位思考。

「你自己剛剛也說啦，能去上學、補習，都要感謝父母。這跟很跩的客人本質上沒什麼兩樣，你是發自內心認為錢能解決問題，不是嗎？但事實不是這樣的，世界上不存在錢能解決的問題，這剛好也是第二道謎團呢。」

優斗不明白老大的意思，聽到自己「本質上跟奧客一樣」，他只覺得很刺耳。幸好，老大接下來的奇怪舉動使他忘記煩躁。

老大拿起兩樣東西，其中一個是用來配紅茶的甜甜圈。

另一個是從西裝內側口袋取出的一疊鈔票。

「這裡有一百萬日元和甜甜圈，你覺得哪樣東西可以解決問題？」

優斗來回看著鈔票和甜甜圈。

「這還用問？當然是一百萬啊！」他不假思索地回答，直到看見老大露出賊賊的笑容才改口：「啊……等等哦，讓我想一想。」

一百萬元和甜甜圈解決問題的能力

優斗不懂這個問題的用意。如果有一百萬日元，要買一萬個甜甜圈也不是問題吧？就連穿著褐色外套的七海也盤起雙臂沉思。大概是因為星期六不用上班，她今天沒穿套裝。

大好的假日，聽說她卻專程搭乘早上七點的新幹線過來。七海不惜做到這個地步也要趕來的原因究竟是什麼？優斗不認為聽老大聊錢就能賺大錢，她看起來也不像覬覦老大的財產，難道還有其他動機嗎？

凶手的動機藏在意外之處——這是推理小說常見的套路。優斗昨天看的網路推理劇也是，凶手縱火的動機，竟然是希望警方重啟調查過去的事件。

就在優斗的妄想無限膨脹時，七海發出聲音說「那個」，接著緩緩開口：

「之前我們才聊過把我關在這裡餓肚子的話題，如果是在相同的狀況下，甜甜圈可以填飽肚子，一百萬卻毫無作用，也就是說……」

「也就是說？」

老大順勢搭話。

「錢只能在『可以用錢』的情況下解決問題……是這樣嗎？」

「哦哦！」老大綻放笑容，「用錢的時候，是因為有人願意收下這筆錢並付出心力，問題才能解決，對吧？雖然是理所當然的事情，但是很重要哦！就算你再有錢，搬去無人島也沒人替你做事呢。」

有道理，優斗心想。如果只有一兩人，或是一百人前往無人島，一定不會特別帶錢去。但如果是日本的一億兩千萬人移居到其他島嶼，應該就會帶上財產吧。優斗思考起其中的差異，老大繼續說：

「關於用錢這件事，不需要思考得太複雜，只要察覺有『人』存在就好啦。」

「您是說必要工作者（essential worker）嗎？」七海發問。

陌生的詞彙讓優斗聽得一頭霧水，七海接著補充：

「您想表達的是，因為有醫療人員、運輸業者、超市店員這些現場工作者，我們才能用錢嗎？」

「現場當然很重要，但不只這樣。**付錢的另一端，是許許多多人在解決問題哦**，光靠著錢是無法解決任何問題的。」

「應該還是有錢能解決的問題吧……」

優斗同意七海的反駁。他在心中嘀咕：明明有一大堆問題，都要靠錢解決啊？

錢的另一端是人

「我們去那邊看看吧。」

優斗和七海跟隨老大走向房間另一側的撞球桌，奇怪的是，這並不是優斗熟悉的撞球桌。

「這張桌子怎麼沒有洞？」

撞球桌的邊緣和角落，都沒有讓球落下的袋口。

「這是法國的撞球桌。」

七海這麼說。聽說是適合高階者連續擊球的撞球遊戲。

老大彎腰收集散落在桌面的球，唯獨中央的紅球搆不著。七海看不下去，柔軟地伸長手臂、俐落撈起球。

「謝謝。」老大道謝接過，攀上桌緣，直接在桌邊坐下，兩手捧著紅、黃、白三顆球，注視兩人。

「我們會付錢買甜甜圈吧？把這三顆球當成買甜甜圈的錢，我則是在甜甜圈店工作的人。甜甜圈不是因為客人付錢才變出來，實際上是我收下了這筆錢、製作了甜甜圈，功臣並不是錢。」

「是這樣沒錯，但……」七海抬高漂亮的眉毛，「店家需要購買小麥粉才能製作甜甜圈，這不是用錢解決問題嗎？」

七海的姿勢抬頭挺胸，手指撫摸著下巴發問，模樣像極了昨天推理劇中登場的檢察官。

「沒錯，我必須購買小麥粉，把三顆球中的其中兩顆，交給在小麥粉工廠工作的七海小姐。」

老大放開手中的黃球和白球，只留下一顆紅球。兩顆球沿著綠色的撞球桌面滾到七海手中。

「我覺得自己用錢換到了小麥粉，但實際上是七海小姐收下了錢，為我製作小麥粉。」

「是這樣沒錯，但小麥粉的原料是小麥……」說到一半，七海似乎想通了，「原來如此，這裡也要變換視角。」

「就是這樣，小麥也是有人在背後製作的哦。好，假設優斗負責栽種小麥。」

七海按照老大的提示，把兩顆球的其中一顆——握在右手的白球滾向優斗。

「這顆白球是小麥農家的收入。到這邊就沒有原料啦，小麥是大自然的恩惠及小麥農優斗工作後的成果。」

優斗拿起白球，如今在場的三人分別擁有一顆撞球。

「如果只看各自的視角，就是買甜甜圈、買材料、用錢交換東西。不過，只要像這樣俯瞰全體，就會發現全新的視野。錢流向各處，由在甜甜圈店、小麥粉工廠及小麥農家工作的人收下，因為有這三人在工作，我們才有甜甜圈可以吃。」

優斗把玩著光滑的白球，突然感到一陣佩服。老大不但回應了他們的反駁，還同時使用了三顆撞球，一切全按照他的計畫進行。

優斗和七海就像手中的撞球，被玩弄於鼓掌。

透過傳球解決難題

可是，「只要有錢就能解決的問題」真的不存在嗎？優斗一邊想像甜甜圈的製作工程，一邊抱著檢察官般的心情確認道：

「還有很多環節……像是製作甜甜圈的烤箱啦，或是運送小麥粉的貨車等。」

「沒錯，實際上牽涉到更多人哦！但都是大同小異，無論是烤箱還是貨車，錢都是付給了在另一端工作的人。不論你如何回推原料，最後都會停在自然界本來就擁有的資源哦！這些資源無法用錢取得。」

優斗也在腦中推演。製作貨車需要鐵，鐵的原料確實來自自然界當中的鐵礦；驅動貨車的燃料則用石油製成，石油也是自然界的資源。

「經你一說，的確……付出的錢都是由人收下。」

撞球再怎麼滾，也滾不出撞球桌。花掉的錢必定由人收下。老大說，這項事實具有重大的意義。

「換言之，錢的背後一定有人在做事。即使現在的自動販賣機啦、網路購物啦，看起來都像全自動，但只要付了錢，就是在請人解決問題哦。我剛剛放開兩顆球時，心裡想的也是『幫幫我啊』。」

「這是什麼意思？」

優斗憋著笑意反問。坐在撞球桌邊緣的老大說「幫幫我啊」時，故意亂動浮空的雙腳，模樣看起來相當滑稽。

「接下來才是重點。」

語畢，老大輕盈跳下撞球桌，回到原本的座位。優斗和七海也跟著他走回去。

「我開甜甜圈店，我會做甜甜圈，卻不會製作小麥粉。我把兩顆球給七海小姐，請她幫忙，七海小姐也基於一樣的原因放開了白球。」

「我不會栽種小麥，所以委託優斗解決問題，對嗎？」

「就是這樣，**付錢的意義是請別人解決自己無法解決的問題，可是啊，人們往往以**

為自己是在『付錢解決問題』，態度很跩的客人就是這樣來的，優斗以為自己可以念書要多虧父母付了錢，也是這樣來的。」

優斗試著想像父母把球傳給了誰。

「實際上還有學校老師、製作教材和文具的人，是多虧了各式各樣的人，我才能念書……對嗎？」

「對的，只是把問題傳球出去哦。」

傳球這個詞令優斗想起下午的足球比賽。越過老大的肩膀，正好能瞥見時鐘上的數字。

書櫃上的駱駝時鐘顯示十一點二十分。最晚十二點離開去搭車，就能趕上比賽。

優斗一邊思索，一邊伸手拿起眼前的甜甜圈。

錢的力量是選擇的力量

七海再次換上檢察官般的臉孔，以銳利的眼神注視老大。

「您說得或許沒錯，解決問題的不是錢，而是在背後工作的人。可是，擁有權力的也是那些付錢和決定預算的人，對吧？以日本這個國家來說，編列預算的財務省*就握有大權。」

她稍稍停格一下，鏗鏘有力地說：

「我還是認為，錢就是力量！」

錢就是力量。這句話優斗也相當有感，他想起爸爸叫他們「以後多賺一點錢」。

老大則用溫柔的眼神望著七海。

「我也想談談這件事。何謂金錢的力量？剛才我心想『幫幫我啊』並且放開球時，有許多人幫助了我。我可以委託其他小麥粉工廠，也可以買大米粉來用。沒錯，**錢擁有力量，但只是『選擇』的力量**。」

「錢的力量是選擇的力量……嗎？」

七海反芻著老大的話語。

---

*省是日本的行政機關單位。

「反過來說，不能選擇的話，錢就會失去力量。不管國家再怎麼提高預算想改善國民教育，沒有學校老師也沒有用。錢僅限『有人可選』時才能耍大牌哦！發生災難時，工作的人一旦減少，就會發現錢是多麼無力。」

「的確，發生大地震時，我會特別感謝還願意營業的店家。『必要工作者』這個新詞彙會開始流行，也是因為新冠肺炎疫情的關係。」

「可以做選擇，在日常生活中也具有重大意義哦！換作二十年前，現代人每天使用的智慧型手機，可是用一兆日元也買不到呢。當時沒人做出智慧型手機，有錢也沒得選嘛。」

無論擁有再多錢，沒有人工作的話，世界就無法運作！老大一陣熱血演說。優斗專心聽著兩人說話，眼睛稍稍移動，老大身後的駱駝時鐘映入眼簾，他一看，臉色瞬間發青。

「那個鐘……」

優斗聲音拔高，老大轉身看了櫃子一眼，回答：

「這隻駱駝長得跟我很像，很可愛吧？這是我的寶貝收藏。」

「不……不是，請問它不會動嗎？」

時鐘停在十一點二十分。那張酷似老大的裝傻表情引來反效果，令人格外惱火。

優斗急忙取出手機，時鐘無情地顯示著十二點十四分。

「這隻駱駝電池早就沒電了，怎麼啦？」

「慘了！我必須在下午一點趕到市立球場，否則足球比賽會遲到！」

見優斗好像快要哭出來，老大靈活地眨眨一隻眼。

「別擔心，沒事，我開車送你去吧。」

金錢課背後的祕密

優斗焦慮不安地等著老大的車。他和七海一起站在研究所的入口，時不時感受著行人投來注目禮。

兩人天差地別的服裝打扮，引來路人的關注。優斗身穿髒髒舊舊的運動服，肩背褪色的運動包。相較之下，七海身上的行頭宛如從時尚雜誌走出來。

她的外套上沒有一絲皺褶，穿著潔白的長褲，提著繫上絲巾的包包，洗練的打扮使優斗越看心情越複雜。那身衣服和包包，一看就是高級品。

優斗強烈感覺到彼此的身分差異。無論是七海還是老大，對他來說都是不同世界的人。

等了一會兒，一輛超華麗的汽車駛來，有著粉紅色烤漆與櫻花花瓣圖案，招搖的車身不知為何寫著高中校名。就在優斗和七海面面相覷時，副駕駛座的車窗打開，老大探出頭。

「這台車很可愛吧？快上車！」

兩人很想問車子的設計和高中校名，但時間緊急，便先鑽入汽車後座。與華麗的外觀相反，車內倒是相當一般。

「一點前一定會到，別擔心哦。我順路送七海小姐去車站。」

老大說完後，便和握著方向盤的司機討論起下午的行程和工作安排。

七海呢喃「真忙呢」。

後座飄著淡淡的柑橘系香水味，七海坐得比平時還近。

「七海，你的工作不也很忙？可以這麼常來嗎？」

「這也是工作的一環呀，上司叫我來這裡學東西。不過，還真奇妙呢。」

接著，七海用只有優斗能聽見的音量悄聲說：

「第一次來時，老大不是表明『不會教人怎麼賺錢』嗎？我把這句話原封不動報告給我的上司飛利浦，他卻跟我說『沒關係，去就對了』。」

「就算不是教人賺錢，從老大分享的東西裡，也能學到理財的知識——是因為這樣嗎？」

「我也不曉得。他們雖然是朋友，但感覺飛利浦對老大的事一點也不熟，不知道有什麼隱情。」

這位上司有別的企圖嗎？還是七海在隱瞞什麼？就在優斗思考時，七海從包包裡拿出筆電開始工作。

優斗勉強趕上比賽時間。

車子一駛入市立球場的停車空間，他立刻找到隊友的身影。看見優斗從打開的車窗探出頭，隊友們同時伸手大叫。沒想到大家這麼需要自己，優斗感動得胸口發熱。

「這台車太搶眼啦。」

老大冷靜說，優斗這才想起車子的外觀是粉紅色。現在他的臉比胸口還要燙。

太過相信錢的國家末路

「上週的足球比賽怎麼樣啦？」

又過了一週，前往老地方報到時，老大問。

「很可惜，只差一點點就贏了。」

其實是七比一——足球比賽難以想像地大慘敗。但優斗覺得太丟臉，說不出口。

「只差一點是差多少呢？」

怎知老大繼續追問，優斗急忙轉移話題。

「是說，我覺得學校的足球教練，跟付錢當大爺的客人很像。」

七海笑了出來，問：「什麼意思？」

「呃，我們上次不是聊到，錢的力量是選擇的力量嗎？教練也要挑選球員、決定戰術，不是嗎？我們教練超凶的，常常亂下指示，跟他說做不到就會大發雷霆，明明自己連運球都很爛……這不是跟自以為是的奧客一樣嗎？」

老大一邊喝著加了洋酒的紅茶，一邊感佩地聽著。

「很棒的觀點哦！付錢方與收錢方的關係，像極了教練和球員呢。無論教練再怎麼激動，負責執行的也是球員，不是有錢就能隨心所欲。連這件事也不知道、太過相信錢的力量的話，國家可是會垮掉的。」

說著，老大放下茶杯，從口袋拿出一樣東西。

「今天，我想請你們看看這個。」

老大在桌上放下一張紙鈔，看起來不是普通的紙鈔。

「這……數字太大了吧！」

優斗睜大眼睛，馬上數有幾個零。

「個、十、百、千、萬……百兆？這是一百兆美元的鈔票？」

「不，這是百兆辛巴威元哦*。」

* 辛巴威共和國是非洲南部的內陸國家。

這次換成在旁邊看著的七海吃了一驚。

「印象中，辛巴威在二〇〇三年之後發生了惡性通膨。」

「你果然知道，真厲害啊。當時物價急速飆升，紙鈔失去了價值，形同廢紙。這張百兆元鈔票連一毛錢都不值。類似的惡性通膨在歷史上發生過好幾次，最有名的就是第一次世界大戰後的德國。」

「我在書上看過照片。」

聽到知道的話題，優斗為之一振。之前去圖書館讀的書裡，也有提到德國的惡性通膨。

「照片裡，德國人用推車推著大量黃金去買東西，但是幾乎買不到想要的物品，生活過得很困苦。」

老大頷首，伸手拿起那張紙鈔，宣言般地抬高音量：

「這張鈔票呀，象徵了相信金錢就是力量的人們有多麼愚昧！」

跟熱血沸騰的老大相比，七海冷靜發問：

「人們一般認為惡性通膨發生的原因，是國家發行了太多紙鈔，但您方才的意思是……其實不是這樣？」

「本質不是印太多鈔票造成的，而是太過相信錢，才會做出這些愚蠢的紙鈔啊。這邊有個問題值得思考，也是這次的超難習題！」

聽到「超難習題」，優斗豎起耳朵等待老大分析。

紙鈔無法填補生產力的空缺

老大脫下鞋子，在椅子上盤起腿。

「假設這裡有個一百人生活的國家，人們每天早晚加起來要吃兩個麵包。有天，麵包的價格飆漲，引發全國人民抗議，揚言『因為漲價的關係，我們現在只買得起一個麵包，請國家想想辦法』。於是，政府為了讓人民買得起麵包，便加印紙鈔發給大家，結果到頭來，問題還是無法解決，這是為什麼？」

優斗一陣錯愕，差點反問：「就這樣？」

錢不夠用的話，政府多發一點，不就沒事了嗎？中間到底出了什麼問題？他一點頭緒也沒有。

房內安靜下來，優斗左思右想，沒有結果。終於，手指扶著太陽穴的七海靜靜說出內心的疑惑：

「為什麼麵包的價格會飆漲？可能是我的職業病吧，但我很在意造成價格浮動的原因。」

「很銳利的觀點哦！給你一個提示，請注意麵包的數量。」

聽完老大給的提示，優斗也跟著動腦。本來一人需要吃兩個麵包，現在只剩下一個，也就是說，全國人民會買兩百個的麵包減少為一百個……他只知道這樣，接下來就沒有頭緒了。

這時，七海「啊」地大叫一聲，撥了撥褐色長髮。

「發生了災害，導致麵包生產量銳減？」

優斗差點從椅子上跌下來，沒想到七海會開這種玩笑。

就在他要挖苦「不要擅自增加設定」的時候，老大啪啪啪地用力拍手。

「太厲害啦，正確答案！」

「等……等一下，你剛剛沒說有災害啊！」

七海按照順序解釋給滿頭問號的優斗聽：

「因為，本來生產的麵包有兩百個，對吧？但是價格飆漲之後，實際賣出的麵包只剩下一百個。重點在這裡哦，如果麵包有多的話，怎麼說都要賣掉吧？既然沒有，那就表示……」

七海頓了頓，凝視優斗的雙眼。

「應該是發生了某種災害，或者有某些原因，導致麵包的生產量降到一百個，所以國家才會發錢給人民，而不是給人民兩個麵包。人民拿了錢，想用錢買麵包，結果造成麵包漲價，問題卻沒有解決。」

「嗚啊，原來是這樣……」

優斗懊惱地抱頭，心情就像被名偵探超越的刑警。

「腦袋打結時，就回想一下佐久間幣吧，錢只是紙片，千萬不能被錢的力量誘惑了哦。」

老大說得沒錯。光是發佐久間幣，不可能解決糧食不足的問題。但是聽到有錢可拿，便會產生一種得到特別力量的錯覺。

老大繼續說明：

「發生惡性通膨而垮掉的國家，就是**誤以為可以用名為錢的紙片來彌補生產力不**

足的問題。但是啊，錢不會直接變成麵包，是因為有自然的恩惠與工作的人們，才能創造生產力，做出麵包。辛巴威的生活會變得困苦，不是因為印太多鈔票，而是遇到了無法生產的狀況哦。」

說明完畢後，老大伸展雙腿，恢復原來的坐姿，換上正經的口吻說「優斗啊」，並帶回話題：

「這一百人國家的故事還有後續，相信錢很偉大的人們上街示威，要求政府發更多的錢；同時，還有另一群人趕緊修復被戰爭破壞的麵包工廠，你覺得哪邊是正確的做法？答案一目了然吧。這就是針對你問『錢很偉大嗎？』，我所做出的回答。」

店裡的奧客與高喊「給我錢」的示威民眾形象重疊了，優斗在修復工廠的人們身上看見了父母的身影。

沉在優斗胸中的鉛塊，似乎稍稍融化了。

讓眾人幸福的溫柔經濟

新沖泡的紅茶被端上桌，三人也趁機稍事歇息。

此時，老大無心的一句話，使七海聊起自己的故事。

「好漂亮的手錶呀。」

七海吃戚風蛋糕的時候，手上戴的褪色珍珠色手錶發出反光，引人注意。優斗心想，就算是客套話，這支錶也無法說是漂亮。它太舊了，甚至跟她身上穿的衣服不搭。

但是，老大的稱讚使七海放鬆了嚴肅的臉孔。

「謝謝您，款式比較舊一點。」七海流露自然的神情，懷念似地輕觸手錶，「這是母親的遺物，她半年前生病離開了。」

「抱歉，沒想到是這樣……」

老大為自己的粗心感到抱歉。

「不不，沒關係，我反而很高興您提到手錶，如果一直沒人提起，我就無法開口聊這些。如果一直沒跟人聊，我害怕母親的存在會徹底消失。」

七海靜靜說完，先停了下來。

「原來是這樣……她是一位溫柔的母親吧。」

老大用和藹的眼神，再次溫柔說。

這句話像是推了她一把，也像按下某種開關，七海略帶鼻音地慢慢說起：

「對我來說，人生唯一的依靠就是母親。母親過世後，我彷彿膝蓋失去了力氣，也像是腳邊的地面整個垮掉了。我想要振作起來，所以想把穩固且不會消失的東西當作依靠，例如錢；或是把自己徹底投入工作裡。可是，我也時常在想，真的這樣就好嗎……」

老大一邊聽，一邊數度溫柔點頭說「這樣啊」。

優斗只能靜靜陪伴兩人。他無法完全明白七海懷抱的傷痛，但是七海的話語，一字一句滲進心底。

「抱歉，說了很難接話的事情。」

七海雙手掩面，把頭髮往後撥，慢慢吐出一口氣。

當她再次拿起叉子時——

「這個蛋糕好好吃哦。」

優斗看見了笑容。

只見她迅速把剩下的戚風蛋糕吃完，換上平時那張一絲不苟的臉。

老大從後方書櫃拿出一張厚紙。

接著用鋼筆在上面寫下「經世濟民」幾個大字。

「『經世濟民』這個詞，是治理世事、富裕民生的意思。『經濟』就是經世濟民的簡稱哦！這也表示，**經濟的用意本來就是為了讓眾人合力工作、獲得幸福**。那支錶也是因為有一群人把它做出來，才能為七海小姐的母親帶來幸福，這份幸福現在由七海小姐繼承。」

凝視手錶的七海抬起頭。

「經您一說，我也希望經濟是溫柔的。然而現實中的經濟卻是在拚GDP*，實在無法讓人感覺到溫柔呢。」

七海等老大發出「嗯」的附和聲後，繼續說：

---

* Gross Domestic Product，國內生產毛額，GDP是衡量國家經濟水準的重要指標。

「這支錶對我來說意義非凡，可以的話，我想一輩子珍惜使用，但這麼做無法增加ＧＤＰ。從經濟的角度來看，手錶壞了要盡快汰舊換新，才能促進經濟成長，這就彷彿是要我們忽視人的感情，感覺世界變得好冰冷。」

被數字綁架的現代社會

儘管覺得這個問題太基礎，優斗還是決定豁出去問：

「你們說的那個ＧＤＰ，真有這麼重要嗎？」

「好問題，從根本開始懷疑，是思考最重要的事哦。」

結果優斗多慮了，老大開心地為他解答：

「所謂的ＧＤＰ呢，是一年下來全國支付的錢的總額，也是生產東西的總額。生產的東西越多，生活就會越富足，所以現代社會理所當然認為，只要多花錢、增加ＧＤＰ就行了。」

就算說是理所當然，優斗也不能接受。

「可是，這樣太浪費了，手錶明明還能用卻要換新，這樣沒人會感到幸福，只是增加無謂的工作罷了。」

「優斗的疑問符合經世濟民的理念，我也有同感。但是，人們總是被數字影響。有時必須回歸原點，思考最初的目的才行呢。」

「你說的數字，是指 GDP 嗎？」

「不只哦，所有事情都是一樣的，像是學校的考試啦、在網路上獲得的『讚』數啦，**一旦開始瘋狂追求數字，就會忘記原先的目的**。以考試舉例吧，為了考出好分數，所以把課本的內容死背下來，學習能力並不會因此增加。『讚』也是，為了拍出可以獲得最多『讚』數的好照片，結果都在埋頭拍照，忘了享受當下的樂趣。與兩者相同，一旦把追求 GDP 當成目的，就會忘記追求最重要的幸福哦。」

七海的表情五味雜陳，但語氣比平時都要平靜。

「那麼，究竟該怎麼做？每個人對幸福的定義不同，考慮到全體，總之先增加 GDP，幸福的總量應該也會增加吧？」

「問題就出在這裡！」老大加強語氣，「你剛剛指出了問題點，GDP 所追求的，就是『總之』的數字。千萬不能忘了本來的目的哦！」

優斗覺得這句話是在對他喊話。

在此之前，優斗不曾深思讀書的目的。反正考試時把分數考好就行了，至於自己要讀哪間高中，他也只想到「總之排名不能輸給別人」，除此之外就沒了。

消除無用工作的條件

七海似乎還是無法釋懷。

「我也認為目的應該是幸福，但考量到現實問題，減少消費會減少用錢，世界上的工作就會減少，這會導致薪資縮水、失業人口增加，甚至有人揚言，人類未來的工作會被機器人或AI取代。」

要是失業就糟糕了。優斗對於AI活躍的未來感到不安。

但是，老大的想法正好相反：

「經濟的發展，是藉由減少無用的工作來維繫的哦。」

「什麼意思？」七海發問。

「從前的時代，許多人拿著鋤頭和鐵鍬種田，但在曳引機等機械器材發明出來之後，人力需求就大量減少啦。閒下來的人開始投入新工作、做出新東西，例如七海小姐戴的手錶，還有這個蛋糕。」

老大的戚風蛋糕還留在盤子裡，優斗盯著旁邊的薄荷葉，心中產生一絲疑問：假設人們一直有想要的東西和必要的物品，工作就會增加嗎？那要是……

「假如新工作沒有增加，不是很不妙嗎？」

老大表示，擔心這個很正常，這也證明了人們淪為金錢的俘虜。

「百人國家的故事也一樣，我們吃的東西不是錢，人民需要的是麵包。就算機器人的活躍使工作減少了，麵包的生產量非但不會少，還會增加呢。但是啊，如果生活困苦的人因此增加，就表示這個社會無法共享麵包。好不容易減少了工作量，最後卻變成只有社會上的大人物和少數能工作的人獲得好處。」

「共享麵包嗎？」這是優斗沒思考過的角度，「無法共享的話，就只能創造無用的工作啦。我們的社會是共享社會嗎？總覺得很懷疑……」

「優斗，這取決於你哦。未來掌握在你們手裡，你們要創造出能共享的社會。」

「不不不，」優斗失笑，「我不會成為政治家，沒辦法創造社會……」

「不是的，」老大換上認真的表情，「社會不是政治家創造的，也不是任何人所給的哦。你這樣想吧，社會是由我們自己形塑而成的，遇到的所有問題，也要靠著每個人齊心合力才能解決哦。所以，**只要人們改變意識、付諸行動，社會就會改變**，我是這麼認為的。」

我明白老大的意思，問題是，我能做什麼呢？現階段優斗還完全無法具體想像。

優斗和七海離開研究所時，西邊天空微微透著落日餘光。時序剛入冬，空氣雖帶一絲涼意，但是夜晚散步起來很舒服。七海高跟鞋的叩叩聲，靜靜迴響在夜間道路。一起走去車站的路上，優斗問了在意多時的問題。

「老大之前不是說過，只要明白屋子的價值，就會把財產送給我們嗎？為什麼是非親非故的我們呢？他是認真的嗎？」

「我想，他應該是想看看我們有沒有用錢的覺悟吧。」

「用錢的覺悟？」

「對，覺悟。不過，也許還有其他意思，跟上司叫我來這裡有關。」

「我也很在意這件事。第一次見面時，老大不是說上司對你讚譽有加嗎？我猜，他一定是在尋找接班人，想收你當養女。」

「好耶，如果可以獲得那棟豪宅，我樂意當他的養女。」

優斗望著七海回答的笑臉，自己也想像了一下：我若是獲選為接班人，爸媽會開心心讓我當他們家的養子嗎？

等紅綠燈時，優斗的左肩突然被人拍了兩下。

「你看，好漂亮！」

七海笑容滿面，伸手指著優斗看慣的連綿山峰，橘色滿月從山邊探出頭。

聽說，在東京只能看見高掛天空的月亮，所以東京人幾乎不會抬頭看天空，也不會像這樣悠閒散步。

兩人有一搭沒一搭地邊聊邊走，一會兒後，七海的手機響了，她用流利的英語接起電話。大概是進入戰鬥模式了吧，她的側臉又變得一絲不苟。

在車站前與七海道別後，優斗走向腳踏車停車格。

從中午就一直停在這裡的腳踏車倒了，旁邊的腳踏車倒了，再旁邊的也倒了。

「真麻煩。」

優斗用力拉起自己的腳踏車手把，把車扶好，正要跨上去準備回家時，腦中驀然想起老大的話。

——**社會是由我們自己形塑而成的**。

優斗又嘀咕了一次「真麻煩」，跳下車子，逐一扶起倒在地上的其他腳踏車。

每一支手把摸起來都沉重又冰冷，但是，總覺得自己「稍稍抓住社會了」。

剛剛的滿月，在正前方的低矮天空發出燦爛光芒。

第 2 章　重點摘要

解決問題的關鍵是「人」

- ☑ 解決問題的不是錢本身，而是收下錢的許許多多人。
- ☑ 錢不會變成商品，是天然資源與無數的勞動結合，製造出商品。
- ☑ 錢的力量是選擇的力量，只能用來選擇「由誰來幫助我」。
- ☑ 減少無用的工作，有助於經濟發展。
- ☑ 如果無法共享成果，無用的工作就是必要的工作。
- ☑ 社會是由每一個人形塑而成的。

第3章

錢的謎團③

所有人都存錢是沒意義的

接觸到戶外的空氣，優斗忍不住縮起脖子。進入寒假*後，感覺氣溫又降了幾度。本來想說只是去附近的福田書店而已，他現在有點後悔沒穿上大衣。

優斗的父母平時省吃儉用，唯有買書給孩子十分大方。

一方面可能是因為「讓孩子多看書」是他們的教育方針，另一方面也可能是想感謝平日對豬排店大力捧場的福田夫婦。今天，媽媽也按照往例前往福田書店，優斗想要媽媽買書給他，所以跟來了。

「那個啊，我想問你——」

一進入書店，媽媽就跑去找福田阿姨商量事情，優斗輕輕瞥了她們一眼，嘴巴動了動說「你好」，接著便往書店裡面走。

這裡店面雖然不大，但有他最喜歡的推理小說區，書籍種類也很齊全。也可以反過來說，正因為這裡的推理小說很齊全，優斗才會迷上推理小說。他用手指慢慢劃過架上的每一本書，感興趣的就抽出來、試讀幾頁，讀完這本又換另一本。

最後，他挑了兩本建築系副教授所寫的推理小說。為了顧及平衡，他又挑了一本數學參考書。挑完書轉身準備找媽媽結帳時，發現媽媽和福田阿姨在隔壁書架研究要買哪些書。

「欸，這本如何？上面也有提到稅金。」

阿姨手上拿的書籍書腰上，可見「初學者」、「投資」等字眼。在兩人前方的書架上，排列著滿滿的儲蓄理財書。

結完帳後，她們又站著聊了一陣子，優斗也順勢聽著內容。

阿姨似乎擔心福田書店未來被網路書店和電子書取代，所以開始學習理財，媽媽則是擔心光靠年金，老後生活會不夠用。

回到家時，廚房裡的爸爸正拿著菜刀與大塊豬肉對峙，準備把肉切成適合炸成豬排的大小。這是優斗再熟悉不過的身影，但是每當朋友來家裡玩，他都覺得被看見很丟臉。

就連冬天，爸爸備料時也只穿一件白色汗衫。

媽媽也換上日式圍裙，為晚上的開店時間做準備。優斗抱著福田書店的紙袋，快

＊日本的寒假為十二月下旬至一月上旬，慶祝國曆新年。

步上樓。

在哥哥從補習班回來前，二樓是優斗的獨享空間。將媽媽買的書堆在餐桌上時，他注意到放在最上面的一本書，封面寫著「老後的不安」，令他在意得不得了，不自覺拿起來翻閱。

某頁畫著年輕男女扛著神轎上的老人的插圖，快被壓垮的兩人，表情相當痛苦，使他心驚。旁邊寫著關於年金制度的說明。

看了半天，優斗只能大略理解：年金就像某種孝親費，是由年輕世代撐起高齡者的制度。

聽說在三十年前，勞動世代的人數還是高齡者的五倍，平均一位高齡者由五人共同分攤扶養，負擔不大；現在則是由兩人扛起一人，難怪插畫上的青年男女表情如此痛苦。優斗忍不住繼續翻頁，結果倍受衝擊。

三十年後，平均一位高齡者，必須由一．三人來支撐才行。

以數字來計算的話，本來每月十萬日元的「孝親費」由五人共同承擔，一人只需支付兩萬日元；但是，如果是一．三人的話，平均一人就要負擔將近八萬日元！

不安化作絕望。

這時，樓下傳來「哆哆哆哆」的節奏。這是豬排下鍋油炸前，用刀背敲打、使肉質更柔軟的聲音。

優斗真心希望自家父母有為將來儲蓄。書店裡會販賣那麼多理財書，是否表示人們對於未來感到沒信心呢？

如同這本書的書腰上所寫的「有備無患」，想為將來做準備，錢是絕對必要的。就是因為這樣，人們才會每天揮汗工作，也有一些人跟福田書店的阿姨及媽媽一樣，想加減學點投資理財術。

嚴苛的現實擺在眼前，優斗覺得老大的話很不負責任。

——所有人都存錢是沒有意義的。

同時，這也是尚未解開的第三道謎團。

錢只能互相爭奪

兩天後的早上，優斗與七海再訪「錢的另一端研究所」，為的是解開最後的謎團。

如果要把這一整天下來學會的事情濃縮成重點，只有一句話：

「**錢只能互相爭奪，但未來可以共有。**」

把老大的話完整聽完，會產生一種想與他共享未來的心情。但是，這堂課有個最惡劣的開場，別說要共享未來，老大和優斗還差點決裂了。

事情的開端，始自優斗一個無心的提問。由於研究所也在放寒假，時間相對充足，三人先從喝茶聊天開始暖場。

「有沒有方法能讓錢輕鬆增加？」

這是優斗聊到媽媽開始學習理財時，不經意丟出的問題，怎知老大的反應與平時不同，語氣十分強硬。

「想讓錢增加的想法，從根本上就錯得離譜！錢沒辦法增加，只能大家互相爭奪哦！」

「才不是互相爭奪呢，我是在說，大家可以一起努力存錢啊！」

「這更不用說了，所有人一起存錢是沒意義的，只會弄到全員一起沉船。」

老大的主張，優斗這次聽來分外刺耳。他已經習慣老大會突然說出奇妙的言論，但是不能接受雙親的努力被否定。

「既然存錢沒意義，你說要怎麼辦？你想說，大家都錯了嗎？」

即使優斗加強語氣，老大也不為所動。

「不是大家深信的事就是正確的啊，這連理由也算不上！你聽過天動說吧？古時候的人相信移動的是太陽，地球不會動，跟這個道理一樣。」

老大舉起手中的黑色鋼筆，指向優斗。

「什麼是正確的，必須要用自己的雙眼確認才行！」

鋼筆的表面鑲有金工裝飾，看在優斗眼裡，彷彿在強調富豪與平民之間的差距。

「好啊，我會自己找出正確答案！」

一旦產生懷疑，便覺得一切都像是一場騙局，老大的笑容看起來很可疑，投資致富的傳聞也值得懷疑。他會不會嘴上揚言「還有比錢更重要的事情」，實際上捲走大量黑錢？這裡雖然號稱「錢的另一端研究所」，但誰知道背地裡在幹什麼勾當？

他想揭發老大的真面目。

城市放假就無法用錢

這時，七海用平靜的語氣打斷兩人對話。

「您剛剛說話時，感覺有點語重心長。您先前也說過，存錢無法替未來做準備，請問這是什麼意思呢？除此之外，我也很在意錢為什麼無法增加。」

「兩邊都很意義不明！」

優斗盤起手臂，氣呼呼把頭撇向一旁。

「哇哈哈哈哈，意義不明才有趣呀。存錢沒用，對古人來說可是常識哦。過年的時候，不是會吃年菜嗎？你們喜歡吃哪道年菜啊？」

「不要突然改變話題！」

儘管還在賭氣，聽到問題，優斗依然忍不住回話。

「哎呀，優斗啊，難道現在的孩子沒聽過年菜嗎？」

「年菜我當然知道！我喜歡黑豆和栗金團。」

「都是甜食，優斗是螞蟻呢。七海小姐，你呢？」

「我喜歡鱈魚乾。」

「很老派的選擇呢。我喜歡那個，捲了好幾圈的蛋捲。」

「你說伊達卷嗎？」

優斗說出正確名稱，老大綻放笑容。

「對對，就是這個名字。好，問題來啦，你們覺得，過年為何要吃年菜？」

「這個我也知道，因為年菜是易保存的食品。」

優斗有些洋洋得意，但說完馬上後悔，他發現完全被老大牽著鼻子走。

「看你年紀輕輕，懂得真多呢。對哦，年菜是一種發揮到極致的可存放料理。過年的時候，誰不想好好休息呢？不只外頭的工作放假，家裡的工作也要放假。為了在家悠哉過年，古時候的人們才準備了年糕等食物當作年菜。」

說了半天，這個話題的目的到底是什麼？優斗開始感到不耐煩。

「你是想說，大家齊心合力很重要嗎？」

「哇哈哈哈哈，誰在跟你溫馨喊話？我聊的是經濟哦。」

「呃，經濟？如果要談經濟，根本不需要刻意保存食品，直接去便利商店買不就好了嗎？」

「七海小姐說得沒錯哦，這不正是眼前的盛況嗎？」

老大張開雙臂。桌上放著瓶裝茶與銅鑼燒禮盒，兩者都是優斗帶來的。

這是老大託他買的，因為平時泡茶的員工年底放假去了。銅鑼燒的盒子上寫著「駿河庵」。優斗怕吃便利商店的點心會破壞氣氛，特地跑去商店街的和菓子店買的。

「人員放假的話，就去便利商店買瓶裝茶，點心也不需要自己做，去和菓子店就能買到銅鑼燒，這些全是拜需要用錢的貨幣經濟發達所賜。古人放假的時候，必須製作易保存的食品；現代人放假時，只要準備錢就行了。」

「對嘛，所以錢很重要不是嗎？」

優斗挺胸反問，結果被一句「可是啊」潑了冷水。

「過年的時候，整條商店街都會休息，連和菓子店也不會開，儘管依然能在全年無休的便利商店買到茶，但這也是多虧在工廠辛勤工作的人、負責運輸的人沒放假。要是所有人——包含便利商店的店員都放假，準備錢就失去意義了。」

聽了之後，優斗想起最近看的電影。

街上的人突然全部消失，主角一行人被迫展開生存遊戲。起初還能在無人超市找到水果和麵包果腹，但久了之後，食材漸漸腐壞，只能仰賴罐頭食品。

打開店家的收銀機，裡面的錢愛怎麼拿就怎麼拿，卻沒人這麼做。因為在那個世界裡，沒有人維繫世界的運作，有再多錢也無法發揮作用。

老大繼續說：

「只要少子化的情形越來越嚴重，工作的人口比例就會減少，說得極端一點，如果世界上只剩下無法工作的老人家，街上也不會有店家營業，無論擁有再多鈔票，都沒辦法維持生活哦。」

經他一說，的確感覺有錢也沒用。但是，優斗很難相信老大才是對的，其他人都錯了。

一億兩千萬人的搶椅子遊戲

「還記得百人國家的問題嗎？」

那是優斗上次沒成功解答的問題，關於麵包的生產量減少，就算政府發了錢，人們也吃不到麵包。

「年金也是一模一樣的問題呢，不是錢不夠用，而是少子化造成生產力不足，導致麵包只剩下一個，年輕人和老年人只能互相爭奪麵包。」

年輕人給老年人的「孝親費」越多，越容易導致自己買不起麵包；反之亦然，「孝親費」若是給太少，這次就換成老年人買不起麵包。就是因為這樣，許多人認為老年人必須備有存款，年輕人和老年人才能都買得起足夠的麵包。

然而，這麼做完全無法解決問題，因為無論怎麼做，一人就是只能分到一個麵包，最後麵包的價格會飆漲，只能兩人各分一半。

「從個人的角度來看，為了獲得麵包而存錢是具有意義的；但是從全體的角度來看，大家都存錢，無法解決任何問題哦。」

聽了說明以後，優斗想起在這裡試做過的佐久間幣。

錢對個人來說具有價值，對全體來說不具價值。當時，他攤開五張撲克牌，真切感受到這件事。佐久間家獲得了五十四張佐久間幣，但生活沒有因此變得比較富裕，當然也無法為將來做準備。

「聽起來好像在玩搶椅子遊戲*，日本一億兩千萬人，同時參加的搶椅子遊戲。」

「形容得很貼切呢。少子化使勞動人口逐年減少，就像逐漸減少的椅子。不僅如此，高齡者還會增加。聽說照護相關的職缺，在二十年後會增加三成。可是啊，從事照護工作的人變多了，就表示其他職業的人口會減少，使其他領域的物資和服務出現空缺。」

優斗嘆了一口氣。

「這樣遊戲根本無法破關嘛。就算存了錢，只要物資不足，物價就會上漲。擁有鉅款雖然能搶到椅子坐，但這也表示有人被擠出去了，對吧？」

宛如一場只能消滅對手才能活下去的生存遊戲，大家無法齊心合力破關。

「一旦擁有一億兩千萬人，即便椅子正在不斷減少，也沒有人會發現誰被踢出去了。因為所有人都以為，只要存錢就沒事了。」

「看樣子，我們不該存錢等著買椅子，而是應該要立刻開始製作椅子比較好。」

「優斗，太溫吞啦！」老大咧嘴一笑，「**我們一定要做出椅子來守護未來！**」

優斗再次深深有感，老大常說的「我們」，把自己這個國中生也包含在內了。這

＊一種團康遊戲。玩法是將椅子圍成圓圈，椅子的數量比參加者少，參加者在音樂播放時圍著椅子繞圈，在音樂停止時迅速坐下，沒搶到椅子的人為輸家，椅子的數量會逐漸減少，最後留在座位上的人為贏家。

不是別人的問題，問題必須由「我們自己」來解決才行。

不知不覺間，他對老大釋疑了。

「不過，真奇妙啊，如此理所當然的事情，竟然都沒人發現。」

「已經有許多人發現啦，這在研究社會保障的經濟學領域是常識，設計年金制度的厚生勞動省*也持相同看法哦。年金的問題啊，不是存錢就能解決的，必須遏阻少子化進展，並且增加每一個人的生產力才行呢。」

「呃，既然專家也持相同意見，你一開始怎麼不先說呢？」

優斗忍不住抱怨，老大溫柔安撫道：

「跟天動說的道理一樣啊，不是厲害的人說的話就是對的哦！此時此刻，你用自己的腦袋思考過後，得出了正確答案，像你一樣的人必須增加，才能把正確觀念帶給社會大眾。」

兩人的爭論總算告一段落，在空調傳來運作聲的溫暖房間裡，七海喃喃說：

「我們太過相信錢了呢。」

這句話使老大的臉綻放光采。

「沒錯，正是如此！」

這似乎才是老大想透過這三道謎團，所傳達的事情。

「**錢是無能為力的**，不搞清楚這點，就會盲目地追求金錢。這是起點，我總算可以和你們聊聊未來的話題啦。」

錢只是在錢包間移動

就在老大打算繼續說時，七海輕輕舉起左手。

「在聊未來的話題以前，我有一個問題想問，可以嗎？」珍珠色手錶從她的袖口探出頭，「您說過錢不會增加，請問這是什麼意思呢？」

「沒錯哦，七海小姐，你認為是什麼意思呢？」

老大反問，七海輕撥褐色長髮回答：

＊以保障日本國民生活與經濟發展為目標，負責推動社會福利、公共衛生及社會保障的政府機關。

「用跟之前一樣的角度來分析嗎？」

「很聰明哦，」老大揚起單側嘴角，「想要使錢增加只是個人觀點，從全體的角度來看，錢是不會增加的。」

聽起來很簡單，但優斗完全無法想像是怎麼一回事。

「如何從全體的角度來看呢？」

「想像每個人的錢包就行啦。」

如同優斗的錢包和七海的錢包，世界上存在許許多多店家的錢包與社會的錢包，**所有的錢，都是從這個錢包移動到另一個錢包**。

舉例來說，優斗買了銅鑼燒之後，錢包裡的錢雖然減少了，但錢只是移動到和菓子店的錢包了。而七海錢包裡的錢，總是會在發薪日增加，但錢只是從任職的公司移動到她的錢包罷了。

優斗回想起之前的聊天內容，回頭看那張撞球桌，三顆球依然留在原位。無論球滾到哪，總數都不會增加或減少。

七海皺起眉頭。

「我知道錢在移動，但是，利息難道不是增加的錢嗎？日本的利息雖然很少，但是放在戶頭裡的錢會生出利息，不是嗎？」

「不是哦。」老大先搖了搖頭，慢慢說明：

「利息也是移動來的哦。**所謂的利息，只是銀行把賺到的錢，支付給存戶而已。**麵包不會憑空變出來，人們卻常常誤以為利息是增加的錢。」

七海先露出意外的表情，想了想後，似乎接受了。

「進入投資銀行上班以後，我最先學到的就是利息，所以一直誤以為利息是增加的錢。我忘了從全體的角度來思考。」

竟然連七海也出現盲點，優斗感到很意外。

老大拍拍手。

「好，接下來是校外教學的時間啦。」

他彷彿帶隊的老師一般高聲大喊，發給兩人一張列印出來的地圖。

「我朋友在這裡開了一間公司，他知道應該為未來儲備什麼東西。我跟他約了下午兩點，但我等一下還有事要辦，我們直接約在現場集合吧。」

從老大煞有介事的模樣，似乎可以期待會是什麼東西。

後方與老大神似的駱駝時鐘指著十二點十分。以防萬一，優斗確認手機，老大也發現了。

「請把這隻駱駝當成我的分身，儘管放一百二十個心吧！我換過電池了，它現在會走啦。」

只顧著錢，會錯失人與人的聯繫

三十分鐘後，優斗和七海一起坐在車站前的咖啡簡餐店。

往車站走到一半，優斗已經飢腸轆轆，兩人決定先吃午餐。先送來的是優斗點的乾咖哩，香噴誘人的味道挑動食慾，他馬上吃了一口。

地圖標示的位置搭電車只要二十分鐘，有充分的時間可以慢慢用餐。距離過年只剩不到一星期，午餐時間的店裡，依然充滿出來覓食的上班族。

「七海，你們公司已經放假了嗎？」

優斗放下右手的湯匙問。

「像我們這種投資銀行，很多客戶是歐美人，他們從耶誕節開始放假，所以銀行員工能在年底請長假。是說，你沒事吧？剛抵達老大家時，你看起來很生氣。」

「當然氣啊！竟然說存錢沒意義，聽起來很像在騙人，我還以為他是靠著洗腦話術在騙錢呢。」

優斗故意說得誇張一點。

「洗腦？什麼東西啦！」七海露出整齊的牙齒大笑，「那個人的確靠著投資致富，但不會騙人。我反而覺得，他很為別人著想，還記得上次的車嗎？」

「那台車有夠顯眼，上面有櫻花圖案，又是粉紅色的。」

「我後來聽說了，那是高中美術社的畢製成果，高中生說，希望能讓他們自由設計。不只那間高中，聽說老大還贊助了許多學校辦活動，還有捐錢呢。」

「是哦，原來他做了那麼多事，好難想像哦。」

「不過，好像可以懂？正因為他看得很多，所以才能用社會全體的角度來看待金錢。反過來說，因為我們只看見自己，所以也用個人的觀點來看待社會。社會上的許多人也跟我們一樣，認為只要把錢存起來就沒事了。」

利息的事情，七海似乎也嚇了一跳。聽說在金融的世界，很少用「錢在錢包之間移動」的方式來思考金錢，人人只顧著看自己的錢包，就以為錢增加了。

「也許，我們真的被金錢蠱惑了，因此錯失了人與人之間的關聯。老大也說過，錢是無能為力的，支持我們的說到底還是人哪。」

她的語氣變得柔和許多，跟主張「錢才是力量」時判若兩人。優斗對七海的印象變了，而他自己也已對金錢改觀。每次聽老大說完錢的故事，他都能漸漸看到社會的溫暖面。

在忙碌的店裡穿梭的年輕店員，終於送來七海點的烤雞肉三明治。

「對不起，讓您久等了。」

面對低頭道歉的店員——

「沒關係，謝謝。」

七海用溫柔的聲音道謝。

開創未來的設備和技術

兩人下車的車站，優斗也是第一次來，幸好那台搶眼的粉紅色車子就停在附近，讓兩人立刻發現目標大樓。

老大請司機留守車內，三人會合之後，一起前往二樓辦公室。

一推開門便傳出輕快的音樂，還有濃濃的咖啡香撲鼻而來。能夠儲備到未來的東西，真的就在這裡嗎？

室內十分雜亂，跟優斗想像的「公司」相去甚遠。在坪數跟老大房間差不多的空間裡，物品擁擠地四處堆疊，其中包括大量紙箱、掛衣架、捲筒狀的材料布、酷似打擊樂器的東西，以及不知其用途、彷彿一團團鐵絲的玩意兒。

房間正中央放著四張電腦桌，一名男子對著螢幕敲打鍵盤。

「堂本，我來玩啦——」

老大高聲呼喊，男人抬起頭來，愉快回應：「午安啊！」

叫做堂本的男人有著小麥色的光亮肌膚，嘴上留著小鬍子。也因為鬍子的關係，乍看像是四十歲，但也許才二十多歲。

這是我平時絕對不想靠近的類型，光看就很可疑。優斗暗忖。

「適逢年底，今天辦公室只有我一人。不好意思有點擠，這邊請坐。」

堂本領著三人走向深處的桌子。

老大簡單介紹了優斗和七海，接著對堂本提出請求。

「可以跟他們分享你正在做的事情嗎？」

「當然好啊，我高興都來不及了，恨不得多一個人知道。」

堂本綻放笑容，眼睛彎成兩道弧線。

他從旁邊的掛衣架拿來一件衣服，放在桌上。衣服上用鮮明的紅、藍、黃、綠等原色，畫出亮眼的圖形。

「為了支援非洲一個叫迦納的國家，我做了這個。」

真意外，優斗沒料到會從他的口中聽到「支援非洲」這些字。他既對自己以貌取人感到愧疚，同時想像非洲人穿著這件衣服的模樣。

「你要把它捐去非洲嗎？」

「不是哦，捐東西反而會妨礙非洲發展。」

堂本用誠懇的表情，細說當地現況：

「因為世界各地捐了太多衣服過去，聽說在非洲——尤其是西非，幾乎沒人願意用昂貴的金額買衣服，當地人就算做了衣服也賣不出去，所以沒有發展成產業。我是把非洲做的衣服拿來日本賣。」

七海專心聽著，一面附和「原來如此」。

「跟日本明治時代被迫近代化的情形有點相似。記得黑船來航*之後，日本就是從紡織工業開始急速成長。」

「是的。而且，非洲的傳統文化深具魅力，我想把這份魅力傳達給日本人知道。」

聽說，堂本往返於非洲與日本兩地的據點，持續推廣活動。他在非洲的工廠教導當地人使用紡織機與縫紉機，讓他們能夠自行製造衣褲。

在日本，他則持續拓展願意販賣這些衣褲的店鋪，以網購方式接訂單，直接從這裡出貨。

七海不時表達佩服。

＊一八五三年，美國海軍將領培里率領艦隊駛入江戶灣，象徵日本鎖國制度結束的開端，史稱「黑船事件」。

「以長遠的角度來看，光是捐贈物資，實在無法解決非洲面臨的問題。但是，只要他們能夠自行生產，就能慢慢開創未來呢。」

優斗恍然大悟，偷看老大的臉。

「你說可以儲備到未來的東西，就是指這個？」

老大的臉上彷彿寫著「正是如此」。

「**生產力至關重要，要先儲存設備和生產技術，才有可能製造東西**。但是，不光是如此哦。現代人的生活，還靠著其他儲備的東西在支撐著。想像一下吧，跟看到蒸氣船會嚇一跳的江戶時代相比，現代人的生活中，還有哪些地方改變了呢？」

統統都不一樣了吧？優斗心想。綁著髮髻的日本武士若是時空旅行到現代，肯定會被每件事嚇到下巴掉下來，無法理解人們為何手持薄薄的板子拚命滑。

「像智慧型手機就很厲害，可以拍照、玩遊戲、看地圖，幾乎什麼都能查，還有像是車子啦、新幹線之類的交通建設也變得很方便。」

「而且——」七海接著補充，「還有制度這種無形之物。教育制度和醫療制度大幅改變了人們的生活。」

老大滿意地聽著兩人的答案。

「沒錯哦，除了製造物品的生產力，人們還儲備了通稱『基礎建設』的社會地基，其中包括了網路、馬路與鐵路等交通建設，還有電線、水道管線，以及學校、醫院等設施都是。除此之外，制度和規則也是生活中的必要之物，這些全是從前的人們想出來，胼手胝足地開創、累積而成。現代人的豐衣足食，是自古累積的龐大積蓄所創造出來的哦。」

堂本細細的眼睛散發光芒。

「非洲也需要這些積蓄。當地現在只有部分孩童能接受教育和上醫院，基礎建設和制度都還不完善，跟我們的生活水準有所落差。在日本聊到生活的富足，總會聊到加薪啦、錢之類的，總覺得哪裡怪怪的。」

聽說，堂本的事業也需要協助當地學校發展。他用筆電打開一支在非洲當地生活的影片。

影片拍攝了非洲小學的風景，畫面中央排列著自製的長形書桌，一群孩子肩並著肩、擁擠地圍坐書桌前，露出開心的笑容。

堂本點了點滑鼠，下一支影片開始播放，鏡頭帶出校舍外的模樣，只見孩子們一同唱歌跳舞，還有幾隻雞在鏡頭前跳躍。

這間小學的生活看起來要比日本不便許多，但是，孩子們的眼神個個滿溢希望。同框入鏡的堂本生龍活虎的模樣，尤其令優斗印象深刻。

在這個塞滿紙箱的房間裡，優斗的心被堂本努力開創未來的毅力與熱情所震撼。

從價格無法估算價值

回到老大的房間時，低垂的冬陽灑落桌子的正中央。優斗三人離開了堂本的辦公室，剛搭著粉紅色的車子返回研究所。

優斗邀大家享用留在盒子裡的銅鑼燒。

「這個駿河庵的銅鑼燒真的很好吃，你們吃吃看。」

七海說「我吃一個」，規矩地把手中的銅鑼燒撕成兩半，鼻子湊近斷面確認香氣之後，才把銅鑼燒放進嘴裡。

「嗯，口味很細緻，甜而不膩，容易入口。這也要拜過去的積蓄所賜呢。」

老大沒有拿銅鑼燒，只是深深靠在椅背上，望著七海享用的模樣。

「我們現在認為理所當然的生活，全是過去累積而成的，銅鑼燒也是，智慧型手機的尖端科技也是，全是過去的積蓄哦。」

七海放下銅鑼燒。

「聽了非洲的現況之後，我已經明白生產力、基礎建設這類積蓄，對於豐富基本生活有多麼重要了。那麼，把情況帶回日本，每當地價和股價爆跌，人們就會說『賠了一大筆錢』，請問這類『價格上的積蓄』也很重要嗎？」

「很棒的觀點呢，」老大坐起身，豎起食指，「生活的富足感，來自於每一個人所感受到的價值。價格與價值必須分開看才行哦！舉例來說，你們認為這個銅鑼燒值多少價值呢？」

優斗立刻回答：

「一個兩百日元！剛剛跟老大拿錢時，我們才聊過，本來一個兩百五的銅鑼燒，阿姨便宜算我一個兩百日元。」

老大笑著搖搖頭。

「你說的是價格。對販賣銅鑼燒的店家來說，這個銅鑼燒無疑具有兩百日元的價值，因為他們獲得了兩百日元。優斗不是賣方，而是尋求銅鑼燒的客人，吃了銅鑼燒後，你獲得了幸福感，這才是價值哦。」

「你說的幸福感，是指我覺得好吃嗎？」

「沒錯，這也叫做『使用價值』，每個人的感覺不盡相同。這邊要潑個冷水，對討厭紅豆餡的我來說，銅鑼燒不具任何價值。價格和價值是兩回事哦。」

優斗恍然大悟，同時也感到懊惱，早知道就買其他和菓子。

七海加入對話並拉回正題：

「同樣的道理，土地的價值也取決於生活的舒適度，對吧？完善的水道管線與便利的交通動線固然重要，但是，這無關於土地的價值嗎？」

「方便的地段人人搶著要，導致地價上漲，但是，兩者之間沒有正相關。土地不會越貴越方便，也不會因為價格下跌而突然變得不方便呀。」

老大舉出一九九一年日本發生的泡沫經濟崩盤當作例子。聽說當時價值兩千五百兆日元的日本土地總額，大約在五年後減少為一千八百兆日元。

如果是因為戰爭或受到自然災害，導致基礎建設遭受重創、價格因此下跌，問題就嚴重了，如果只是單純價格下跌，就表示社會並沒有因此喪失積蓄。老大說明，當時全國都很緊張，也造成經濟不景氣，但土地的居住舒適度並沒有因此折損。

優斗無法接受。他明白居住舒適的重要，但價格當然是越高越好啊？

「可是，跟一千八百兆日元相比，原本的兩千五百兆日元不是更好嗎？這樣可以賣得比較貴，日本的經濟也會比較好吧？」

優斗在視線角落看到七海跟著點頭。

內部與外部的價值差異

老大爽快回答：

「要把自己所屬的集團，分成內部與外部來想。」

「內部與外部？」

優斗與七海異口同聲地反問。

「對哦，內部與外部。」老大慢慢解釋，「首先，請優斗想像父母賣的炸豬排。一樣的豬排飯，賣一千八百日元或兩千五百日元，你覺得哪邊比較好？」

「當然是兩千五百日元啊。」

「你只說對了一半。正確答案是，對外部要賣兩千五百日元。」

「你說的外部是什麼？炸豬排的外皮嗎？」

「不是，我是在說『家庭』這個集團的外部。優斗家要把豬排飯賣給位在外部的客人時，販賣兩千五百日元會比販賣一千八百日元更好，因為家裡會增加七百日元。好啦，現在換成位在內部的優斗要吃豬排飯，應該付多少錢呢？」

「不管多少都很討厭吧？為什麼我要付錢給家裡啊？」

倘若父母真的跟他要錢，與其說是討厭，更令他傷心吧。

「很自然的反應呢。家人不會對家人收錢，因為就算收了錢，整個家的錢加起來也不會增加。家庭的集體幸福，看重的不是高價賣出，而是做出美味的豬排飯。這就是外部與內部的差異，土地也是哦。」

就算說是一模一樣，但到底哪裡一樣呢？優斗在腦中推敲，這時換七海接話：

「無論土地的價格是昂貴的還是便宜的，只要是在日本『內部』交易，日本全體的總金額就不會變，對吧？地價要是太便宜，賣家會感到虧錢，但買家高興都來不及了呢。」

「就是這樣！對日本來說，地價高有好處的時候，只有賣到『外部』——也就是外國的時候。一千八百兆日元的東西，若是能賣到兩千五百兆日元，就能多出七百兆日元。可是啊，一旦這麼做了，就換我們自己沒地方住啦。」

「您說得一點也沒錯，考量到日本全體，舒適度比價格重要太多了。仔細想想，這其實是非常單純的道理。」

「一旦被金錢蒙蔽雙眼，就會連如此簡單的事情都忘光光。不只土地哦，股價和其他東西統統都是。考量到全體，價格本身上漲其實沒有太大的意義。比起這些事，**增加能通往幸福未來的社會積蓄要重要太多啦。**」

跟七海吃午餐時說得一樣，老大是從社會全體的角度來觀看未來的。

互相搶奪的金錢與共有的未來

夕陽餘暉染紅老大的左半臉，他總結今天聊過的話題：

「一旦把『增加金錢』當作目的，就只能互相爭奪，無法共享。但是，我們可以一起擁有未來哦。」

彷彿花了一整天經歷了一趟漫長的旅行。從存錢出發的話題，終於抵達「未來」這個終點。

「年金問題也一樣呢，」七海緩緩說起，「我們正在共同撐起因為少子化導致工作人口減少的未來。與其想著如何增加個人的錢財，不如思考如何以較少的人數，有效率地完成工作，創造一個更容易養育後代的社會。」

「這不是在否定想要使自己的錢增加這件事哦。只是啊，人們不能只想著自己存錢，必須把共有的未來也考量進去呢。」

說是這樣說，但優斗實在想不到實現的方法。

「意思我懂了，不過要考慮到這麼遠，實在不容易。」

語畢，老大彎起眼角和嘴角，笑咪咪提議：

「不用想得太複雜，去問駿河庵的阿姨就行啦。」

「咦？為什麼？」

突然冒出的店名，令優斗困惑反問。

「駿河庵的阿姨不是算你便宜一點嗎？她應該也想賺錢，但是認為與你爭奪金錢是沒意義的，所以算你兩百日元呀。」

「你是指，價格越便宜越好嗎？」

「不是價格的問題，如果只想著要賣貴還是賣便宜，都是在爭奪而已。可以共有的是其他事情，我認為啊，阿姨是想和你共有『你開心吃著銅鑼燒』的未來哦。」

優斗盯著盒子裡剩下的最後一個銅鑼燒，深思這句話的意義。

家人、鄰居、社團成員之間的幸福未來和目的是共有的，而錢只能互相搶奪。不過，只要想著共有的未來，似乎就能互助合作。

「好啦。」

不知何時，老大來到窗邊望著我們，落日餘暉映照出他的輪廓。

「如此一來，三道謎團全解開了，你們應該漸漸看出錢的真面目啦，想必也能衡量出這棟建築物的價值。」

優斗想起老大承諾的事情，猜對屋子價值的人，老大願意送出整棟豪宅。話雖如此，優斗始終覺得自己是局外人。

在七海回答之前，房內安靜無聲，當時鐘的秒針大約跳躍了十次之後——

「是您方才提到的事情嗎？不是價格，而是使用價值。」

「若是這樣的話，就要看住在這裡的幸福『值多少』囉？」

老大以測試的眼神瞥向七海，七海回以堅定的目光。

「這裡當然也有居住價值，不過，更有價值的是研究所從事的活動，以及這些活動能夠孕育出什麼樣的未來，對吧？我猜，您想把研究所交給能看懂價值、並提升價值的人，請他繼承這份資產。」

「哇哈哈哈哈！」

老大放聲大笑，不置可否地回答：

「這真的過譽了啦，我沒有想得這麼遠。不過，機會難得，就請你衡量看看這份價值吧。年後，我會介紹研究所從事的活動。當然不會只邀請七海小姐參加，請優斗也一起來吧。」

優斗很喜歡老大這一點——將國二生和社會人士一視同仁。同時，他也感到可惜，自己的歷練還遠遠不足；如果是高中生，或許能做出更好的回答。

然而，不需要著急。等他上高中、讀大學後，再來和老大好好切磋討教吧。

此時此刻，優斗仍對於自己能和老大繼續見面這件事，沒有絲毫的懷疑。

第 3 章　重點摘要

我們的未來可以共有

☑ 每個人都存錢，無法為將來做準備。

☑ 想要解決年金問題，必須遏阻少子化，並且增加生產效率。

☑ 錢只是在移動，總額不會增加，也不會減少。

☑ 社會基礎建設、生產設備，以及技術、制度等，才是能夠儲備到未來的資產。

☑ 從全體的角度來看，該提升的不是價格，而是使用價值。

☑ 錢只能互相爭奪，但未來可以共有。

第
4
章

社會差距的謎團

需要打倒的壞蛋並不存在

「哇，好懷念哦。」

高中二年級的優斗感慨地說。

睽違三年走進老大的房間，張開鼻翼深深吸氣，房裡已嗅不到洋酒的氣味。

「他的房間我並未整修，還保留著原本的樣子。」

一位年長女士跟著入內，輕聲搭話。

優斗聽了之後，不自覺地瞥向書櫃。時光彷彿停駐在當年，有白蘭地酒瓶、帆船模型、異國打擊樂器，回憶中的物品整齊擺放。當視線再往下層移動時，不由得令人鼻酸。

駱駝造型鐘已布上一層灰，放棄了走動。駱駝裝傻的表情就如同原物主，優斗想起老大那句「請把這隻駱駝當成我的分身」。

「佐久間同學，您當年還是國中生呢，現在長高好多啊。」

女士抬起頭，瞇細雙眼。

「是的，上次與副所長您見面，應該是我國中二年級時的一月了。那天也是我最後一次拜訪。」

時至今日，女士的稱謂依然是副所長。這位副所長遣詞用字彬彬有禮，打從初次見面便用「您」稱呼他，行事風格和老大南轅北轍，待人接物冷靜自持。

她在一張椅子上坐下，喃喃自語：

「已經三年了呢……」

優斗跟著入座，椅面沉沉的觸感絲毫未變。還記得國中時，他來這裡上過幾次老大教的「金錢課」，每次聽講，都讓他對社會大幅改觀。

然而，優斗思忖，如果只是光聽不練，那些記憶應該不會如此深遠地影響他。

那年，優斗與老大交換了一個約定，並且收下了老大託付的信。他一面回憶往事，一面將自己的心情告訴副所長。

「三年前，我深深感覺到老大認真努力地活著，所以我也決定好好尋找目標，認真生活。」

「原來是這樣……想必跟您稍早的提案有關？」

如她所說，最近優斗終於找到自己想做的事情了。

「是的，我想要加深地方羈絆。」

因為有了一些構想，所以他才回到此地，向副所長提案。但畢竟是高中生的突發奇想，也許並不實際。他很緊張，不知道副所長會怎麼想，幸好，擔心的事情並沒有發生。

「我非常感興趣。他若是還在，一定也會持相同意見。」

「真……真的嗎？」

「是的，可以詳細告訴我嗎？佐久間同學，具體來說，您想如何利用這棟洋房？」

優斗興奮地把身體向前傾，以熱切的眼神注視副所長。

「我有許多想法，首先要打掉環繞研究所的圍牆。這裡有如此漂亮的庭園，應該開放給大家使用，不然太可惜了。」

三年前的那一天，老大跟他介紹了研究所的活動。從那時起，優斗就很在意擋住庭園的冰冷圍牆。

老大與天使投資人

國中二年級第三學期開學不久，一個星期五的下午，優斗期待著老大先前說的

「年後把研究所的活動介紹給你們」，與七海相約來到大屋子。

前面似乎還有訪客，他們在走廊等了一會兒。

——「必須減少用人才行。」

從老大的房間傳來的聲音，令優斗懷疑自己的耳朵。

他走到門邊，豎耳傾聽，老大的聲音說：「如果事業賺不了錢，就要減少用人。」

這似乎是給某間公司的建議。

優斗聽了大失所望。到頭來，老大看重的還是錢嘛！

距離約定時間過了十分鐘，房門終於開啟。

「我對你們充滿期待哦。」

一對年輕男女伴隨老大的朝氣呼喊走了出來。

優斗與七海跟他們輕輕點頭致意，交錯而過地入內。

「抱歉，兩位久等啦。」

老大做出膜拜的手勢道歉，人看上去似乎消瘦了一點。

等三人都入座後，香噴噴的烤點心與紅茶旋即端上桌。優斗察覺，香甜的氣味飄來後，沒有再聞到洋酒香。

「今天請兩位過來，是想聊聊這棟研究所正在創造的未來哦。」

聽到老大這麼說，優斗差點翻白眼。對老大來說，錢還是比未來重要，不是嗎？

優斗以右手扶額時，七海好奇發問：

「剛剛的訪客看起來很年輕，他們也是天使投資人的贊助對象嗎？」

「你真內行啊，沒錯，他們大學選擇休學，成立了自己的公司，我是他們的『天使』哦。」

這段話乍聽十分神祕，老大的意思難道是「我是天使」嗎？其中似乎還蘊含其他意思。

「什麼是天使投資人？」

優斗率直發問，七海搖晃著珍珠耳環告訴他：

「新成立的公司沒有營收，有時會有名為『天使』的投資人，以收取股票*的方式提供需要的資金，這就叫做『天使投資人』。」

整段話聽下來，天使投資人不只出錢，有時也會給予經營上的建議、介紹需要的人脈，以各種形式支援創業者。

儘管七海說明得簡單易懂，但是關於重要的「股票」，優斗無法理解是怎麼一回事。他把單純的疑問問出口：

「我常常聽到『股票』，但我不太懂，老大收下股票，可以獲得什麼好處呢？」

「持有股票等於擁有公司的一部分哦。假設我持有兩成的股票，將來公司賺了一百億日元時，其中的二十億日元就是我的份。相對地，如果公司倒閉了，贊助的錢一毛也拿不回來。」

老大說完，咧嘴一笑。

優斗被驚人的數字所震懾，本來張嘴想說「二十億日元實在太厲害了」，脫口而出的卻是別句話。

＊正確來說是股份，作者為了讓讀者更好理解，在這邊使用股票。

投資與世界上的階級差距

「這樣太狡猾了。」

面對這句炸彈發言，最震驚的莫過於不小心說出口的優斗本人。

不過，這也是他的真心話。

二十億日元確實驚人，他深感羨慕。賣一份日式豬排飯，頂多賺到數百日元，無論優斗的父母如何拚命工作，一輩子也賺不到二十億日元。

一旦說出「好厲害」，就像在否定雙親的努力。他們非但沒有偷懶，還非常拚命工作，儘管如此，貧富差距卻如此懸殊。

為了減少差距，優斗才會希望自己將來能多賺一點，還跟導師說「想做年薪高的工作」。

突然迸出的「太狡猾了」，濃縮了迄今為止累積的種種心情，如同拔掉的瓶塞，其他話語接連湧出。

「因為，你不用工作就能躺著賺錢，這太狡猾了吧？有錢人光靠投資就能不停賺錢，像我們家這種小家庭，不管再怎麼努力，也不可能有多餘的錢拿去投資。」

優斗感到眼角發熱，低頭繼續傾吐：

「有錢人真好，還可以對我們說大話。」

語畢，他猛然回神。這種事責怪老大也沒用，他很後悔說出了逾矩的發言，戰戰兢兢地抬起頭。

然而，老大只是溫柔地微笑守候，輕輕點了個頭，開口：

「我也想認真面對貧富差距，尤其想跟優斗你好好聊聊哦。」

此時此刻，優斗還不明白「尤其」的意義，但是，他不認為這是老大隨口胡謅的藉口，因為老大的表情相當認真。

就在優斗尋思話語時，換七海說出自己的想法：

「我也在書上讀過，正因為投資賺到的錢，比工作賺到的錢多太多，貧富差距才會持續擴大。聽說把全世界的資產攤開來看，一輛巴士裡的大富翁所擁有的資產，就相當於其他三十六億人口加起來那麼多。」

「哇，太多了吧？」

優斗故意睜大眼發出感嘆，以隱藏尷尬。

「是的，也有人說，現今的貧富差距，已經跟法國大革命爆發前差不多了。」

優斗知道法國大革命，這場革命推翻了向貧困的人民施以重稅的法國王室，以國王路易十六和瑪麗王后遭到處決為著名的記憶點。

然而，老大持不同看法。

「不對吧？這個說法彷彿把巴士上的大富翁當成了大壞蛋。那些說現在的貧富差距相當於法國大革命前的人呀，眼睛裡只看見錢，我反倒認為，階級差距是在不斷縮小哦。」

七海困惑地盯著老大。老大不是會說謊的人，優斗很想知道緣由。

貧富差距與生活差距

「如果只看賺到的所得與擁有的財產，貧富差距確實在擴大，但我認為，真正重要的是生活水準哦。」

優斗聽得懵懵懂懂。只要有錢，就能買到想買的東西，生活也會變好，不是嗎？

「貧富上的差距和生活水準上的差距，不是一樣的嗎？」

老大稍作思考後，問了優斗一個問題：

「優斗啊，你家有電視機，對吧？」

「當然有啊。」

優斗家的二樓餐桌前有一台家用電視，一樓店面還有一台別人捐贈的大型電視。

「但我平時很少看電視，都用手機看影片。」

「現在就是這樣的時代，從前黑白電視機可是昂貴品呢，一個上班族要存上好幾年的薪水才買得起。因為這樣，我小的時候，只有有錢人家擁有電視。雖然我現在還是一樣小啦，哇哈哈哈！」

老大不忘自我調侃，優斗憋住笑意反問：

「在智慧型手機尚未問世的時代，如果連電視也沒有，生活不會很無聊嗎？」

「當時的大人會聽收音機、看報紙啊，像我們這種平民家的小孩，都是在戶外玩泥巴。說到娛樂嘛，大概就是吃零嘴、看《黃金蝙蝠》*的紙戲劇吧。」

---

*一九三〇年代日本街頭盛行的紙戲劇（紙芝居），黃金蝙蝠是對抗外星怪人的正義守護者，在棺材裡沉睡了一萬年，被未來的主角等人喚醒。

「原來還有過這樣的時代。」

優斗想像還是兒童的老大開心看著紙戲劇的模樣，不禁流露微笑。同時，「電視機」和「紙戲劇」的劇烈差異也讓他感到訝異。

「在從前的時代，平民與有錢人的生活差距非常大哦。時代慢慢變遷，現在平民收看的紙戲劇成了智慧型手機，那請問——有錢人用的是什麼呢？」

「我眼前的大富翁，一樣在用智慧型手機。」

「漂亮回答！」

老大一邊說，一邊從口袋拿出自己的手機。他的手機殼是黑色的素面款式，比優斗用的手機殼更加樸素。

「我只能算是一般有錢，然而那些世界鉅富，同樣在使用智慧型手機呢。他們也和我們一樣，用搜尋引擎上網查資料、使用社群平台，獲得的資訊量跟我們相差無幾，這跟從前可是大不相同哦。除此之外，網路購物也縮小了差距，無論家裡請不請得起傭人，貨物都會自動送到家門前，顯著的階級差距已經消失了。不僅如此，無論人們住在哪裡，都能取得一樣的物品。從這層意義上來看，地方差距也縮小了哦。」

優斗環視房間，這裡雖然有家裡沒有的撞球桌、書櫃上有成排的磚頭書，但撞球並非貴族的休閒娛樂；想要看任何書，去圖書館就能找到。優斗領悟到，現代社會已經沒有法國大革命時的生活差距了。

「還有另一件事情哦。」

老大露出神氣活現的表情，豎起食指問：

「我剛剛說的那些話裡，隱藏了一個重要的事實，你們發現了嗎？」

縮短社會差距的大富翁

老大替兩人添了新的紅茶，丟出提示：

「剛剛我所提到的公司裡，有一個共同點哦。手機公司、搜尋引擎公司、社群平台公司、網路購物公司。」

終於，七海彷彿知曉答案，撥了撥富有光澤的褐色長髮。

「每一間公司的創辦人，都是可以坐上那輛巴士的大富翁。」

「哎呀，太強了，正確答案！」

老大綻放笑容，欣喜之餘，似乎也有點不甘心這麼快被猜中，很有他的風格。

「以結果來看，**創造平等便利生活的人，統統都是大富翁哦**。」

老大的說明使七海嘆了一口氣。

「原來如此……創造縮短差距的便利服務的人，真的都是有錢人呢。」

「當然，我也認為貧富差距越小越好，只是啊，我們不該不看內容就胡亂開槍。善用己身優勢賺大錢的有錢人，與試圖解決大眾問題的有錢人，兩者的意義可是完全不同呢。」

優斗從不同的角度，重新感覺到這些公司是在替大眾解決問題。他忽然在意起剛剛離開的兩位年輕人。

「我們剛剛聊到天使投資人，老大贊助的那間公司，想要解決什麼樣的問題？」

「他們在研發學習支援AI系統，一旦成功，能讓偏鄉的孩子以更便宜的價格，獲得更高品質的教育。想要替未來儲蓄，就得增加能改善生活品質的公司才行呢。在這些公司上軌道之前，我想用投資的方式來支持他們。」

即便如此，優斗還是難以坦然接受。

「可是，賺錢也很重要，不是嗎？在走廊等客人出來時，我聽見你大聲說，沒賺錢就要減少人手。」

面對優斗的指證，老大非但沒有閃躲，還抬頭挺胸、大方地說「沒錯哦」。

「不賺錢的投資，是在愧對社會。」

從老大的表情，優斗可以感受到沉痛的覺悟。

用青春創造未來

老大以投資學習支援AI系統為例，緩緩道出投資的真相。

「目前他們的公司裡，有我和其他投資人出資的三億日元，投資若是失敗了，只有我們這些投資人會賠錢。這筆三億日元會支付給為這份事業工作的人，整體來說，錢的總量不會變少，對社會來說，投資失利並不會賠錢哦。」

優斗想起撞球的比喻。

「付出去的錢，必定由某人接收，對吧？」

「沒錯！對社會來說，錢不會因此浪費。但是啊，人們的勞動付出會因此浪費。

浪費人力，是在愧對社會哦。」

老大的話語蘊含著重量。

投資用掉的三億日元，會支付給替公司工作的研發人員、製作所需設備的技術人員。換言之，倘若一份事業投入總額三億日元的勞動成本，卻無法賺超過三億日元，就表示這些人的勞動無法供應人們足夠的價值。

「況且——」老大斷言，「不看好這門生意，就不該要他們為你工作。」

原因在於，讓這些人才去從事其他研究，更有機會對社會帶來助益。聽說現在AI公司聘用的研究人員及技術人員，在離職後非常容易找到下一份工作。

七海低頭聆聽良久，抬起頭。

「我一直以為投資的目的就是要賺錢，從沒想過投資與社會緊密相扣。重要的是想要打造一個怎麼樣的社會，對嗎？」

七海苦笑著隱藏害臊，老大溫柔地說：

「你能這麼想，我說的話就值得啦。心情會隨股票漲幅變化的人，只能算是三流投資者。別忘了，投資的不只是錢，剛剛的兩人，可是投資了更寶貴的資產呢。」

老大依序凝視七海和優斗，緩緩說下去：

「他們賭上了自己的青春。」

優斗為之屏息。

老大的話語彷彿狠狠捏了心臟一把。我也能找到想要全力拚搏的事物嗎？優斗感到徬徨不安，同時羨慕起那兩個年輕人，擁有不惜賭上青春也要傾注熱情的目標。

錢的另一端研究所

老大一口喝光紅茶，用力從椅子上站起來。

「好啦，來介紹研究所的內部吧。」

老大的提議使優斗感到興奮。每次借用洗手間時，他都有一股衝動想在豪宅裡探險。這裡不只飄蕩神祕的氛圍，風格獨具的建築物也充滿魅力。

來到鋪著紅地毯的走廊，老大踏著悠緩的步伐邊走邊說：

「這裡曾是名門富豪居住的宅第，我在十年前買下它，創辦了研究所。」

優斗和七海並肩跟隨老大前進。筆直延伸的長廊兩側，並排著約十扇具有年代感的老舊門扉。

老大在其中一扇房門前停下腳步。

「我在這間房裡進行投資研究。」

語畢，他推開厚重的門扉。

進入房內，氣氛為之一變，彷彿來到現代化的研究中心，牆壁和地板都是白色的，裡面有幾台附大型顯示器的電腦，還有五六名研究人員坐在電腦前。他們似乎很習慣有訪客參觀，優斗等人進來後，連視線都沒動一下。

雖然稱作研究人員，但他們既沒穿西裝、也沒穿白袍，一身休閒打扮令優斗感到新奇。

聽說這些人的工作是在這裡收集投資領域的相關資訊，調查、挑選合適的投資對象，有時也替投資公司尋找人才。除此之外，還要分析研究這些投資會對社會帶來怎樣的影響。

下一個參觀的房間裡，有一位短髮的年長女士出來說明。她是這裡的副所長，負責統籌教育相關計畫，目前在推行支持教育系統的獎助學金方案。

「佐久間同學，您的學校若是有任何需要資助的地方，都歡迎來找我商量。」

這個人連對國中生都相當有禮貌——這是優斗對她的第一印象。

老大說，在第一個房間裡賺到的錢，也會用來支援這些教育計畫，除此之外，任何能夠回饋社會的方式，他都樂意嘗試。

「用錢跟賺錢一樣，都是需要深思熟慮的事，不能隨便浪費人力啊。」

如同「錢的另一端研究所」這個名字，賺錢與花錢，都要想到錢的另一端。

「去二樓休息一下吧。」

帶他們看過會議室與書房後，老大如此提議，接著慢慢往樓梯走。

兩人跟著上樓。階梯沒有鋪地毯，七海的高跟鞋敲擊地面，發出叩叩聲。

正面的房間沒設房門，所有人都能自由進出。這裡似乎是研究人員聊天休憩的空間，房內設有三組款式樸素的桌席。

來到中央，優斗為之屏息。

朝具有開放感的窗戶望去，可將細心維護的漂亮庭園盡收眼底。這裡有冬日依然翠綠的草皮，夏日會想出去散步乘涼的澄澈水池，還種植了千姿百態的樹木，早開的寒椿現正開出美麗的桃粉色花朵。

優斗心想，這裡的景色如此漂亮，卻被高聳的圍牆擋著，從外頭望不見裡面，真可惜啊。

老大爬樓梯爬得氣喘吁吁，按下自動販賣機的按鈕，彎腰取出一瓶水。聽說這裡的飲料都能免費取用。

他在旁邊的椅子坐下，喝了一口水。

「很壯觀的庭園吧？這棟建築物和院子我都很喜歡，如果可以，真想一直留在這裡啊……」

老大的表情沉了下來。

「你要搬家嗎？」

優斗詢問之後，老大沉默半晌，眺望庭園。

「現在遠端工作的人增加了，我也在想，也許這裡可以小一點……」

聽說若把這裡闢為空地，應該很快就能賣出土地，但老大是希望把利用價值最大化，所以想要極力避免。如果可以有效利用建築物，他願意把整棟屋子捐贈出去。老大還說，有任何提案，歡迎隨時告訴他。

儘管不是要讓能提升研究所價值的人繼承財產，但七海猜得也沒有相差太遠。無論是投資賺到的錢，抑或房子本身，老大都不是拿來當作己用。

只是，他要找的不是接班人。老大不是全憑己意在經營事業，這裡還有許多對社會擁有抱負的人員在工作著，比方說像副所長就對教育懷抱滿腔熱意，連優斗都感受得到。

那麼，老大的目的究竟是什麼呢？

如果只是想教導他們社會的運作方式，應該不至於花上這麼多時間，不惜在研究所員工放假的年末招待兩人過來。

除此之外，優斗還掛心著另一件事。帶他們逛一樓時，老大曾幽幽呢喃：

「就像優斗你說的，不工作還有錢賺，或許是很狡猾的一件事。可是啊，我想用錢來回饋社會，這有點像是對過去贖罪吧。」

這邊說的「贖罪」，其實跟老大的目的有關，只是此刻優斗還不知情。

儘管對老大本身尚存疑問，然而和他相處的時間，充滿了逐一解開社會謎團的興奮感，所以優斗沒有深思太遠。

投資與消費是用錢選擇未來

在可以欣賞庭園風光的大房間裡，優斗和七海在同一張桌席坐下，老大再次談起投資的話題。

「**所謂的投資，是對未來的提案**。例如說，這項產品或服務，可以使未來變得更好嗎？人們會在評估之後進行提案。」

優斗試著想像自己想要何種未來。如果有可以治好各種病的萬靈藥，就不會有人受到疾病折磨，除此之外，他也想來場安全舒適的太空旅行。回過神來，優斗對投資的印象變得截然不同了。

投資不再是有錢人的狡詐專利，而是可以開創未來的東西。

「而未來是我們每一個人所做出的選擇哦。」

老大雖然馬上說明，但優斗不能接受。

「可是，從來沒有人叫我選啊？」

「不會的，你一定有做出選擇哦。優斗，你會用到錢，對吧？還記得最近一次買的東西是什麼嗎？」

「我昨天在便利商店買了肉包……」

「這就對啦，**每一次的消費行動，都是在投票選出未來哦**。因為肉包是投票人氣王，所以一到冬天，每一家便利商店都會販賣肉包。是消費流動的金錢選擇了未來。邁入二十一世紀後，資訊科技的進步神速就是很好的例子。」

「你說進步神速，是真的變化得很快嗎？」

「是啊，大概在二〇〇〇年左右，根本還沒有什麼智慧型手機和 Wi-Fi 呢，想要上網，必須接上電話線，電腦會發出類似打電話的撥號聲哦。」

「咦！真的假的？」

和現在差太多了，優斗一時之間無法置信。

「如假包換！資訊科技就是進步得如此神速，這是因為人們樂於花錢購買資訊產品和服務的關係哦。」

流動的錢越多，表示有越多人在背後工作。因此，社會需要哪些工作、哪類人才，是以投資和消費的金錢流向來分配的。

如果錢不是流向資訊科技，而是其他產業，此時世界將是另一種樣貌，也許守護自然環境的技術會進步，變成一個綠意盎然的世界；也可能是軍事技術突飛猛進，迎來一個可怕的世界。投資所能做的，頂多就是向未來提案，但哪一種提案會留下來，只能交由每一個消費者的價值觀來決定。老大的說明相當具有說服力。

「**每一個人的小小行動，將累積成巨大的洪流**。社會差距也是這樣來的，每個人每一次的行動，都會製造差距。」

話題從未來轉向社會差距。也許這才是老大真正想聊的事情吧，優斗思忖。

製造社會差距的犯人

七海睜著褐色眼眸，注視老大。

「您的意思是說，社會差距是我們造成的嗎？」

老大輕輕頷首，舉起手中的瓶裝水。

「想像一下水在地球上的循環就知道啦，錢就是水，錢包是水池，水流則像我們每一人。請問，我在優斗家吃了豬排飯，水會流往哪裡呢？」

優斗想像河川和瀑布川流不息的模樣。

「呃，首先，老大的水池會流向我家的水池，這些水又流向肉販、米店，甚至農家……這樣對嗎？」

「對，就是這樣！水往各處流，吃豬排飯啦、搭電車啦、看電影啦，這些都是小水流。水從人們的錢包流向容易累積的寬廣湖泊，沒有水經過的地方則會乾枯，社會差距就是這樣擴大的哦。」

「經你一說……」優斗想起一件事，「爸媽常常跟我說『盡量多在商店街買東西』，所以我們家一定是在附近書店買書，即使會稍微買貴，也會在商店街的電器行買電燈泡。」

更精確地說，爸媽是叫他多去常客家裡開的店支持一下，但他不好意思說得這麼直接。

「哦哦！」老大佩服感嘆，「因為地方連結足夠緊密，所以才會想到這個方案啊。把錢用在當地，就能活化地方經濟；反過來說，如果錢統統外流，這個地區就會逐漸沒落，城鄉差距就是這樣來的。」

七海靜靜聽著，不自覺地嘆氣低語「糟了」。

優斗看了她一眼，她羞赧地說：

「唉，我才剛上網在亞馬遜網站買了貧富差距相關的書，他們的創辦人傑夫・貝佐斯是世界排名前幾的富豪，可以坐上『那班巴士』的等級。怎知，批評貧富差距的我自己，也是造就貧富差距擴大的元凶之一……從今以後，我也要好好支持在地書店才行呢。」

老大替反省的七海講話：

「使用網路購物本身沒有錯，這對工作忙碌、需要照顧小孩的人來說如有神助，想當然，為社會提供便捷服務的公司也不是壞人。只是從結果來看，街上書店的業績會減少，實體書店一間接著一間熄燈是不爭的事實。了解自己的行動會帶來什麼影響之後，好好做出選擇，是很重要的事情哦。」

老大清了清喉嚨，接著說下去：

「需要改正的是『怪罪社會』的想法，有些人喜歡把社會當成邪惡的組織，卻忘記社會的模樣是自己造成的，這種人最惡質了。」

七海盤起手臂思考。

「問題確實存在，但沒有壞人嗎……」

「要是真有壞人，事情就簡單啦，像法國革命當時一樣，打倒邪惡的國王就好啦。」

但是對我們來說，**需要打倒的壞人並不存在**。」

「可是，難道沒有方法能縮短差距嗎？」

「當然有方法可以使乾枯的土地獲得滋潤啊。」

老大把視線投向窗戶，往上眺望。天空上可見團團雲朵。

重新分配的稅金

「雨嗎……？」

七海半帶詢問地喃喃自語。

「沒錯，利用下雨！要先蒸發金錢，才能製造雨雲哦。」

老大一說，優斗旋即吐槽：

「不對吧？錢又不會蒸發。」

「只是比喻而已。比方說，我吃了豬排飯後，有一千一百日元流向優斗家的水池裡，裡面又有一百日元做為消費稅蒸發，被政府的雨雲吸收了。」

「原來蒸發是指稅金啊，消費稅好狠哦，連我們這些小孩都不放過。」

優斗忍不住抱怨，七海聳聳肩，無奈地嘆了一口氣。

「這算少的哦，出社會之後，還要繳納各種稅金和勞健保費，工作賺到的錢，有將近一半會蒸發掉呢。」

「一半……那不是跟年貢一樣嗎？」

腦中閃過手拿鋤頭耕田的農民身影，優斗在學校歷史課上過江戶時代的稅制「五公五民」，無論農民多麼努力揮汗耕田，都有一半的成果要繳納出去，想到自己跟他們命運相同，優斗不禁悲從中來。

「等等，你們誤會啦！」老大苦笑，「按照你們的說法，簡直把稅金當成了壞人，這跟要繳納給領主的年貢不一樣哦！更不是貴族壓榨平民所造成的法國革命！這些稅金會成為雨水，重新分配。」

「可是，我不記得有拿到錢啊？你說的雨，真的有下嗎？」

「常常下啊，雨會直接下給高齡者做為部分年金；下給生活困苦的人，以保障他們的生活；還有需要育兒的家庭，替他們間接支付了醫藥費和教育費呢。」

「所以，我也有享受到啊……」

跟自己做為學生的龐大開銷相比，平時付出的消費稅實在不值一提。優斗發現自己是在遷怒。

「還有啊……」老大繼續說，「付給公務員的薪水和灌注在公共事業的錢也能縮短差距。舉例來說，因為警察數量足夠，人民才能安居樂業。換作是在治安不好的國家，也許只有花錢聘請保鏢的有錢人，才能享受安全的居家生活呢。」

其他還有像是圖書館、公園、馬路等公共設施，因為所有人都能平等享受公共福利，社會上的生活差距才能減少——老大說明。

「既然這樣，幹麼不連大學學費都減免呢？義務教育只到國中，太小氣了。」

優斗想起父母辛苦賺錢的身影，噘起了嘴。他們時常在飯桌前為了學費的事情絞盡腦汁，等哥哥順利考上大學，從四月起就要負擔昂貴的學費。

「我個人也贊成延長補助，但實際上相當困難呢。」

七海小心翼翼發問：

「為什麼呢？減免難道不好嗎？」

「對想讀大學的人來說當然好啊，但是對不讀大學的人來說，應該還是希望稅金再降低一點吧？法國的朋友經常向我抱怨，他們雖然能免費讀大學，但是稅金太高，工作的收入只有三成能留在手邊呢。」

老大認為用錢這件事必須謹慎看待，不能每件事都要減免。

「政府的支出不需要經由民眾的消費來投票選擇，唯有這樣，才有可能長久保留較少使用的公共設施和公共服務。」

「不能浪費稅金……也是，不然大家就白忙了。」

優斗的嘟噥使老大瞇細眼睛。

「你能注意到這一點，真的相當了不起哦。人民的稅金和勞動不能隨便浪費，因此，政府撥用的每一筆款項都要經過審慎評估，重要的是……」

老大說到這裡停頓下來，看了看兩人的臉。七海鏗鏘有力地回答：

「實質意義的投票，對嗎？」

老大聽了用力點頭。

「沒錯，未來由全民來決定，光靠消費、投資這類『金錢投票』是不夠的，想要照顧到整體社會，還需要選舉和投票才行呢。」

上次老大談過「共有未來」的重要性，優斗總算漸漸懂了。**只要知道未來會過得更好，人就能積極向前**。

然而，七海和優斗相反，臉上帶著不解。

她先端正坐姿，與老大面對面，下定決心似地開口：

「有件事我一直想問。」

過去的重擔與未來的期待

「我也認為是過去的積蓄，造就了現在的生活，我明白自己有責任構築未來，但有一點我怎樣也無法接受……」

七海看起來難以啟齒，老大用彷彿明白一切的微笑對她說：

「七海小姐，你想問國家的借款，對吧？」

「您怎麼知道？」

七海睜大雙眼，臉上寫滿了訝異。

「你說過，自己有在處理國債業務嘛。再來呢，我也擔心日本的借款會增加世代隔閡。」

「對，這就是我想說的。憑什麼是我們這一代要扛起這麼多壓力呢？」

優斗這才知道，日本國民目前承擔了超過一千兆日元的借款。他知道日本有很多借款，但沒想到數字如此龐大，聽了反而覺得不真實，彷彿與自己無關。

老大向七海提議：

「下次呢，我會好好花時間化解七海小姐的疑慮。我們一起尋找能夠通往未來的答案吧。」

「是！期待您下次分享！」

七海雀躍地說。

於是，三人約定下次在兩週後的一月底見面。

然而，行程一再延期。聽說老大工作繁忙，抽不出時間。優斗隱隱感到不安。

但是進入二月後，家中的哥哥大學放榜，傳來好消息，老大的事也被優斗暫時拋諸腦後。

第 4 章　重點摘要

金錢的流向決定未來

☑ 貧富差距與生活差距不能混為一談。

☑ 以結果來看，縮小生活差距、創造平等物質生活的人都是有錢人。

☑ 消費與投資是用金錢的流向來選擇未來。

☑ 創造未來的不是資金，而是獲得資金進行研究開發的人們。

☑ 社會差距是每一個人的金錢流向所導致的。

☑ 在現代社會，稅金不是統治者的壓榨手段，而是用來重新分配的資源。

☑ 政府的重新分配需要經由每一個人來投票決定。

第5章

社會的謎團

未來只能靠贈與開創

「雖然有點突然，但希望你把本週的星期天空下來。」

睽違多時再次收到七海傳來的訊息，已經是三月中旬的事了。那是一個回暖的夜晚，優斗剛結束國二最後一次期末考，等著放春假。

訊息裡有兩條備註，一是上課地點不在研究所，而是老大週末的住院病房；二說只是入院檢查，不用擔心。

優斗回傳訊息：「了解！」

從手機抬起頭，堆在房間角落的紙箱又多了一個。

順利考上第一志願的哥哥正在打包東西，準備搬出去住。下週起，他將在東京展開新生活。

看著哥哥的模樣，優斗內心百感交集。他既高興能獨占房間，同時也想到和哥哥同住的時間不多了，有點寂寞。

「哥，準備要自己一個人住是什麼感覺？」

「很期待啊，不過也得快點找到打工才行。」

「不錯啊，打工感覺很好玩。」

看見優斗這麼羨慕，哥哥停止裝箱，厭煩地望著他。

「你哦！這件事沒這麼好玩，等我大學畢業，就要開始還學貸了。」

「學貸是借款嗎？」

「當然啊，我拿到的是之後要還的助學貸款。」

「大概多少錢？」

「三百萬日元。」

「不會吧……」

優斗被鉅額的數字嚇到，呆愣注視天花板。

「所以，你以後不要抱著好玩的心情去讀大學，會給爸媽造成負擔。你和我只差四歲，他們也很擔心你哦。」

優斗以為這是平時無意義的玩笑話，不禁回嘴：

「年齡哪有差？」

「你真的是搞不清楚狀況耶，」哥哥苦笑搖頭，「我要是重考或留級一年，你就知道事情的嚴重性了，等你上大學，我也還是大學生，對吧？家裡同時有兩個大學生，負擔超級重！不過，也要等你考上大學再說啦。」

語畢，哥哥繼續裝箱打包。

優斗領悟自己的選擇有附加的責任，而且相當沉重。同時，他對於自己那些寂寞啦、羨慕啦的幼稚心情感到可恥。

不會記到未來帳簿上的借款

星期天下午，優斗和七海約在車站前集合，一起搭公車去醫院。這是市內最大的綜合醫院，優斗也去過好幾次。

穿越正門之後，優斗為七海帶路，見她倏然停下腳步、站著不動。

「病房在這邊。」

「怎麼啦？」

優斗趕緊上前關心。

七海望著地板，做了個深呼吸，抬起頭。

「只是突然有點頭暈，已經沒事了。」

優斗感到擔心，想要繼續問時，她已經重新邁步，優斗只好默默跟上。

在五樓櫃檯辦理探訪手續後，胸章上寫著「實習中」的護理師帶領兩人來到病房前。那扇門明顯比其他房間都要大。

叩、叩、叩，七海敲門。

等房內傳來一聲「請進」，她才緩緩推開滑門。

病房裡相當寬敞，彷彿飯店套房，不只有床，還有書桌、大型壁掛電視，甚至還有冰箱。接待的沙發組上，只見一名穿睡衣的瘦小男子縮著身軀、面朝訪客坐著。

「哦哦——兩位來啦！」

男子舉起手說，大概是穿睡衣的關係，總覺得他跟平時不太一樣，顯得有些虛弱。

「聽說您入院檢查，身體真的沒事嗎？」

七海擔心地問，在老大的對面沙發坐下，優斗在她旁邊入座。

「只是身體有點疲憊，以防萬一入院檢查，昨天就先過來啦。」

根據老大所說，自從一月會面以來，他的工作暴增，忙到連跟他們見面、上醫院檢查的時間都沒有。他的說明聽起來合情合理。

像是要珍惜時光般，老大迅速切入正題。

「總之，學習不能止步，我們繼續先前的話題吧。七海小姐，你很在意日本背負的借款，對吧？」

「是的，我們先前聊到借款。目前日本政府背負著高達一千兩百兆日元的借款，相當於一人背負了一千萬日元的債務。」

儘管知道日本背負著鉅額的借款，但是直到換算成一人應該負擔的金額，優斗才湧現真實感。

「一人一千萬，這麼多嗎？比我哥借的錢還多耶！」

七海詫異看向優斗。

「你哥哥有借錢？記得他還是學生，不是嗎？」

「他說為了讀大學，借了三百萬日元的助學貸款。光這樣就夠頭大了，想不到國家的借款更驚人。不過，總不可能叫我們還吧？」

優斗的樂觀推測，被老大直接否定了。

「沒有哦，政府若有困難，是有可能向我們課稅進行償還，因為利益和責任是共有的。」

優斗越想越生氣。

「憑什麼要我們償還以前的人借的錢？」

他知道不該遷怒坐在面前的老大，但老大嬌小的身影，讓他想起那些老年人。那些人不顧後代子孫，為了維繫自己的生活而借錢，現在恐怕因為不用還錢而偷笑吧。

「為了圖自己輕鬆，把帳記到未來人的身上，這不是很狡猾嗎？」

老大一邊聆聽優斗傾吐不滿，一邊「嘿咻」地站起來，從冰箱拿出麥茶，各在兩人面前擺了一瓶。他自己也喝麥茶。

「這樣啊，你覺得這樣很狡猾啊，為什麼呢？」

又是這個模式，優斗心想。每當老大理所當然發問，就表示問題有詐。不過，他也只能如實說出心裡的想法：

「因為，從前的人不用繳稅還款，借錢當然很輕鬆啊，如果以後真要還錢，還不是得靠我們這些年輕人拚命工作？」

優斗的回答似乎在老大的預料之內，只見他露出賊笑。

「哦——你說的話還真有趣呢。你認為是從前的人偷懶，才害未來的人被迫工作還錢，對嗎？可是啊，世界上並不存在時光機。」

「為何突然提到時光機？」

「要是能把未來的人帶來這裡工作，我們就能輕鬆過日子啦。可是，這是不可能的嘛。」

優斗不是不明白老大的意思，他想起堂本在辦公室聊到的非洲話題。現代人的生活，是過去的人儲蓄換來的。現代人不能反過來要求未來的人供給生活。既然如此，為什麼要留下欠債？優斗越想越混亂。

「可是，我哥必須工作償還三百萬日元的學貸。一旦借了錢，就該好好工作還錢，不是嗎？」

「家庭的借款與國家的借款是完全不同的哦。」

老大裝模作樣的說法令優斗焦躁，同時，他也慶幸老大看似毫無異狀。入院檢查的結果絕對沒問題——當時，他如此以為。

在內部與外部工作的人

老大先從提問發話：

「兩種借款差在哪裡？想想是誰在工作就知道啦。你哥哥靠著借來的學貸，請誰來工作呢？」

「呃……大學的老師，或教職員嗎？」

跟之前一樣，儘管不明白問題的意圖，但優斗姑且回答。

「因為已經請大學老師工作了，所以之後勢必得由自己工作償還——沒錯哦，正是如此。那麼，假設政府借錢建造了道路，是請誰來工作呢？」

「建設道路的人啊，難道不是嗎？但，兩者不是一樣的嗎？既然已經付錢請人工作了，不是應該好好工作償還嗎？」

老大笑而不答，這是要他重新思考的意思。

優斗左思右想，視線剛好對上放在牆邊的大花瓶。花瓶裡插著幾朵垂頭喪氣的大非洲菊，老大說他昨天才住院，為何花朵已經枯萎了？

當他要進一步思索時，被七海的發言打斷了。

「您說的差異，是內部與外部的差異嗎？」

老大的眉毛挑動一下。

「哦？這是什麼意思呢？」

「如果是家庭的借款，是把錢付給家庭以外的人，請他們工作；如果是國家借錢鋪設道路，是請國家裡面的人工作。也就是說，這等於是自己做的。」

七海的回答讓老大露出滿意的表情。

「總算發現啦，跟佐久間幣是一樣的道理哦。假設我們花了二十佐久間幣，為佐久間家來個大掃除。爸爸借錢代替抽稅，到頭來，一定是由兄弟中的某一人負責大掃除，佐久間家並不是花了錢就不用做事呢。」

聽到這裡，優斗的腦袋總算轉了過來。腦中根深蒂固的老人形象霎時崩解，他們並沒有偷懶。

這些人拚了命地親自工作，獲得了想要的東西。

但是，仍有疑問尚未解開。想要破解這個謎團，還少了一塊拼圖。

「我明白他們沒有偷懶不工作，問題是，欠下的大筆債務要怎麼還？」

「別擔心，想還的時候，就算不工作也能償還。」

老大微微凹陷的雙眼充滿了信心。

想要的存款與拒絕的借款

「之前政府借用並花掉的錢並沒有消失，道路建設費由建設的人收下了，每年政府花掉的二十兆日元醫療費，也由醫生和護理師收下啦。」

老大雖然笑臉說明，但優斗忽然不明白他是指哪個年代。

「如果是最近收下的錢，有可能還沒使用。不過，如果是很久以前收下的錢，應該已經在用了。」七海補充。

「優斗，一陣子沒見面，你就忘啦？」

老大揚起惡作劇的笑容，摸著消瘦的臉頰說：

「錢跟水一樣，無論怎麼用，都是從某人的水池移動到其他水池哦。即便時間過了很久，也會有人不斷繼承，並不會因此消失呢。」

優斗察覺自己搞錯了，的確跟年代無關。既然如此，政府用掉的錢，此刻也由某人所接收。也就是說，政府借的錢，會成為人民增加的錢嗎？

這件事問七海就對了。

「如您所說，個人和企業保管在銀行的錢已超過一千四百兆日元。」

「很棒的觀察哦。」

老大豎起食指，說起了存款與借款的關係。

聽老大說明，優斗才知道，原來存款並不是請銀行保管金錢，而是把錢借給銀行。銀行跟存戶借錢，再把這些錢借出去。

如同先前所說，錢只會移動，不會增減。也就是說，**存款增加不是錢本身增加了，而是錢的借貸增加了**。

日本現在的存款增加了這麼多，表示借款也增加了這麼多，聽說主要借錢的就是日本政府。

「這是借題發揮嘛，」老大皺眉，傾吐不快，「每個人都想怪罪上一個世代，說什麼『上一代借的錢，又不關我的事，憑什麼債務非得由我來扛』，然而這些人卻認為自己理當接收父母的遺產，選擇性遺忘父母就是借錢的上一代。」

政府借的錢用掉的部分，會成為個人和企業多出來的存款。錢在加加減減之後已經結清，並從上一代傳到下一代——老大如此解釋。

只想要錢增加，不想讓錢減少，是過於自私的想法。

老大的一番言詞聽起來頗有道理，但優斗無法立刻接受。總覺得哪裡怪怪的，但他說不出原因。

同世代中的貧富差距

優斗一邊嘴對瓶口喝著麥茶，一邊環視病房。

大尺寸的書桌以富有光澤的深褐色木材製成，看起來相當高級，完全不能跟自己的書桌相比。想必花瓶、病床和現在坐的沙發也值不少錢吧。

優斗家唯一不輸的東西，是這裡也有的壁掛電視，但那是寺院或神社送的禮物。

他再次體認到，可以住進這間病房的老大，是多麼富裕的人，一不小心，酸溜溜的話又衝口而出：

「如果生長在和老大一樣的有錢人家，當然很好啊，可以繼承許多遺產。我家就不是了，非但沒有錢，還得背負政府的債務，有錢人家的小孩真狡猾呢。」

這就是他卡住的原因，總覺得心情上過不去。即使知道存款會跟政府的借款一起增加，他也覺得事不關己。

「是嗎，很狡猾嗎？不過啊，我不會把錢留給自己的小孩。」

「老大有小孩嗎？」

真令人意外，總覺得他應該沒有家人。

「哇哈哈哈哈！」老大揚聲乾笑，藉此轉移話題，「在我眼裡，世界就是我家，所有年輕人都是我的小孩哦。回歸正題，優斗啊，你剛剛雖然也用了『狡猾』一詞，但你的心情變了，對吧？」

老大說得沒錯，之前他一直覺得把債務留給後代子孫的上一代「很狡猾」，現在他知道不是這樣，隨之產生的是另一種對有錢人的憎恨。

真正存在的問題不是世代間的不平等，而是同世代間的貧富差距。

「貧富差距的問題確實需要審慎思考，但你現在至少知道，上一代沒有把債務留給年輕一代了，對吧？」

優斗在腦中整理得知的事實。

國家借了錢，把錢用掉了。

可是收下錢的人，是國家裡的每一個人。

上一代雖然借了錢，但是並沒有偷懶不工作。

國家用掉的借款，存在於大家的錢包裡。

一一點頭確認後，七海提出更奇妙的問題：

「我還在意一件事，實際上真的有國家因為借了太多錢而破產，例如最近的阿根廷和希臘，感覺面臨破產邊緣，您對這件事有什麼看法？」

「很棒的問題呢，在意的事情要追根究柢，這是很重要的精神哦。我也正好想聊這個話題。」

當他想繼續說時，病房外有人敲門。

「神宮寺先生，我進來囉。」

戴眼鏡的護理師邊喊邊進房。

優斗迅速掃視房內，心想這位「神宮寺先生」是誰呢？不用懷疑，當然是老大了。

優斗還是第一次聽見「神宮寺」這個姓，但總覺得漢字在哪裡看過。

腦中清晰浮現「神宮寺」三個字，是在哪裡看過呢？他一時之間想不出來。

護理師告知接下來是半小時左右的檢查時間，優斗和七海便先暫時離開病房。

時間不會倒轉

兩人在走廊前進，想說先去一樓咖啡廳消磨時間，就在這時，附近突然出現騷動。急救員推著擔架急速通過，腳步聲與輪子滾動的聲音壓迫著空氣，在緊張的氣氛中，人員喊著各項步驟。等擔架被推入深處的急救室，走廊再次回歸寧靜。

看到這幅光景，優斗想起老大說的話——社會是由工作的人們所撐起。

「真謝謝這些急救人員。」

優斗對七海說，卻見她低著頭動也不動。

「你怎麼了？」優斗擔心地問。

七海頓了頓才回說「抱歉」，拉回注意力，扶著額頭的手微微震顫。

醫院的正門口，有路上常見的連鎖咖啡廳店鋪進駐。直到優斗坐下來，啜飲一口拿鐵，七海才稍稍恢復精神。

「抱歉，我沒事了。」

「我們剛來時，你看起來也不太舒服，要不要給醫生看一下？」

「你一定嚇壞了，抱歉，我只是害怕來醫院。走進來時的消毒水味，還有剛剛那種推擔架的聲音，都令我心神不寧……」

優斗能體會這種心情。小時候，他也很討厭來醫院打針，只是沒想到像七海這種成年人也會害怕醫院，真可愛。

就在優斗想要開玩笑時，七海用神經質的語氣低喃：

「當時，我也以為一下子就能出院……」

笑容從優斗的臉上褪去。七海凝視遠方的表情，是在思念她的母親。

「時間不會倒轉，這麼理所當然的事情，我卻現在才發現……」

優斗無法回應，喝了一口拿鐵，靜靜陪伴。

「我很擔心老大的身體，我們好不容易才變熟，我希望他健健康康的。」

面對七海的憂心，優斗不自然地急著回應：

「想太多了啦，他只是住院檢查。」

其實優斗心裡完全不是這樣想，他很在意病房裡枯萎的花，但他迅速轉換話題：

「我更意外的是，原來老大有小孩啊，之前從沒聽他提過家人。」

「每個人或多或少都有一些難言之隱吧。他雖然在這裡創辦了研究所，說話卻帶關西腔，也許長年和家人分隔兩地。」

說關西腔的老大會住在關東，是否有什麼原因？剛剛他很快便岔開家人的話題，除此之外，優斗也覺得好像在哪看過神宮寺這個名字。

工作停擺的國家末路

回到病房時，老大已經笑咪咪坐在沙發上等待。像是不想浪費時間一般，不等兩人坐下，他便急著發話：

「有國家因為借錢而破產，也有國家不會因此破產，兩者的差別在於有沒有用錢請人工作哦。破產的國家都是國家裡的人未能工作。跟家庭的借款是一樣的道理，他們太仰賴外部的人了。」

老大說，破產的國家，情況通常大同小異。

借錢之後仰賴國內的勞動力就不用擔心，但若是過度仰賴外國的勞動力，錢會漸漸外流，最後只能靠後代來償還。把太多帳記在國外，才會招致國家破產。

聽了之後，優斗忽然擔心起來。

「日本沒問題嗎？大家都有好好工作嗎？」

「好問題呢。我們會有仰賴外國的時候，也有替外國工作的時候，而出問題的是『過度仰賴外國』的時候，這會導致錢不斷外流哦。不過，你聽過『貿易順差』嗎？」

優斗肩膀不自覺用力，有一種上課被老師點名的感覺。

「呃，出口是錢進來，進口是錢出去……如果出口比進口還多，就會變成貿易順差……對嗎？」

大概是察覺了優斗的緊張，老大放鬆嘴角。

「不用想得太複雜，你就想像自家是一個獨立的國家吧。」

佐久間國的出口品是豬排飯，進口品是衣服、電力等生活必需品，只要豬排飯多賣一點，形成貿易順差，這個國家存的錢就會越來越多。存款變多表示優斗家有好好替外國工作，而後代子孫可以利用這筆錢請外國工作——老大如此說明。

「原來如此，您是這樣看待貿易的。」

七海表示佩服。

根據老大所說，日本迄今累積的貿易順差多達兩百五十兆日元，如此鉅額的數字顯示出日本的國民性。

這表示日本是一個勤勞的國家。

「哪怕借了錢，也不會偷懶讓資金外流，不僅如此，還反過來賺外面的錢，不但替自己工作，也因為替外國工作，所以賺進了兩百五十兆日元之多呢。」

「搞什麼啊，害我白擔心了。」

優斗拍撫胸口，然而老大的話尚未說完。

「很抱歉讓你空歡喜一場，但若繼續這樣下去，日本就要完蛋啦。」

過度仰賴外國的後果

聽說日本近年節節衰退，累積了大量「貿易赤字」。從前因為高品質而熱銷國外的日本製品，逐年被外國的技術追上，想要增加出口變得極端困難，加上高齡人口不斷增加，目前正面臨醫療照護人手不足的困境。

「出口雖然減少了，但也不能因此減少進口呢。」

七海也露出嚴肅的表情。日本的食材和能源自給率低，像小麥等食品原料及發電所需的能源等，都很仰賴國外進口。

「七海小姐說得對，食物和電力是生活必需品，不能忍著不進口嘛。這跟忍著不買高級包包是兩回事。」

可是，優斗浮現疑問：貿易赤字增加了，真的很頭痛嗎？

「既然是貿易赤字……問題也就是錢跑去國外，我們多印一點鈔票不就好了？」

「很有趣的想法呢，但問題倒不是國內的日幣不足，而是外國擁有太多日幣哦。」

外國人可以使用日幣購買日本製品、來日本旅行，以各種形式請日本人工作。假設外國人持有大量日幣，並且開始使用，就表示身在日本的我們不只得為自己的生活工作，還得為外國大量工作才行。

這才是未來實質意義上的赤字，老大說。

「可是，難道不能提前阻止嗎？」

優斗試著把這件事當成佐久間國發生的事。

「如果有太多外國人擁有佐久間國發行的佐久間幣，我們別讓他們使用佐久間幣不就好了嗎？」

老大搖頭反駁。

「事情沒這麼簡單，倘若日幣變得不能使用，外國人當然不會想要日幣啦。如此一來，日幣的價值會下跌，沒人要賣食品原料和石油給我們。這是一個兩難的問題，我們不能自尋死路，也不能無視貿易赤字所帶來的影響。」

語畢，老大一陣激烈咳嗽。他的臉色逐漸漲紅。

「您還好嗎？」

七海擔心地驅前，溫柔替老大拍背。儘管暫時止不住咳，但每當她輕拍一次，程度都漸漸趨緩。

「已經沒事了，抱歉，抱歉。」三度深呼吸之後，老大重回話題：

「這樣有解開七海小姐的疑慮嗎？我們不是單用借款換得現在的生活哦。除此之外，日本還有跟借款相當的存款，現階段也儲存了許多外幣，只是正要面臨關鍵的時期。」

「現代人的生活奠基在過去的基礎上，這點是沒變的。但是為了避免把帳記在未來的帳簿上，我們不能只仰賴外國，還得思考我們能為外國做點什麼才行呢。」

「我也不知道怎麼做才叫正確，更別提我剛剛提到的事只考慮到日本，沒有考慮到外國，實際上要複雜多了。正確的未來，就交給你們打造啦。」

敲門聲再度響起，這次進來的是另一位護理師。

「我幫您通風一下。」

她「唰」地拉開掛在大窗戶前的藍色窗簾，戶外的風景頓時躍入病房。

河邊的櫻花樹已是漂亮的粉紅色，盛開的櫻花照進水面，把整片景色渲染得粉紅璀璨。

護理師將窗戶半打開，接著便離開病房。

老大眺望眼前的風景，感慨良深地說起話：

「無論是好的意義還是壞的意義，我都被錢誘惑著，若能屏除金錢的概念，經濟也會變成截然不同的風景哦。」

「什麼風景？」

七海詢問後，老大只喃喃說了一句話：

「贈與呀。」

他一刻也不肯放過地緊盯窗外，彷彿要將櫻花的美景烙印在眼底。

「經濟可以如此蓬勃發展，全是拜『贈與』所賜。我們以為是用錢交換商品、用錢交換勞動，實際上這些全是贈與啊！幸好我們被錢誘惑著，才把贈與看作交換。」

優斗完全聽不懂，只能苦笑。

「贈與不是捐贈的意思嗎？明明是用錢換來的，怎麼能當成贈送禮物呢？這樣說太牽強了啦。」

「是嗎，太牽強嗎？哈哈哈哈哈！」

老大發出宏亮的笑聲。

和煦的春日暖陽，落在他的笑臉上。

世界是由贈與所構成的

老大飲盡瓶裝麥茶，從睡衣口袋取出眼熟的黑色物品。

那是他經年愛用的鋼筆。

「在錢還不存在的時代，人們是靠以物易物的方式來生活的哦。比方說，我想喝茶，所以拿這支鋼筆來交換。這會遇到一個問題，倘若雙方未持有彼此想要的物品，交易就無法成立。就算七海小姐想要鋼筆，卻因為沒有茶，所以無法交換。」

七海的麥茶瓶已見底。

「反過來說，假設優斗有茶，但是並不想要鋼筆，因為我們只知道交換，所以什麼事也不會發生。」

七海注視老大拿鋼筆的右手。

「您是想說，遇到這種情形，需要的是贈與嗎？」

「是贈與促使經濟發展的哦。舉例來說，這麼做的話，我和七海小姐都能得到幸福呢。」

老大右手把鋼筆交給七海，左手取走優斗的麥茶。

「這就是經世濟民。」

優斗的麥茶被取走，覺得無法接受。

「可是，我並不想被陌生人拿走麥茶。因為老大是熟人，跟我要的話，我很樂意給……」

「沒錯，要送給陌生人很困難吧？這樣難以促使經濟發展，所以把不可能化為可能的方式就是錢哦。我把鋼筆交給七海小姐，換到一筆錢，接著再用這筆錢交換優斗的麥茶。把錢的概念拿掉的話，結果就跟剛剛的贈與一模一樣。錢的出現，是在促使贈與發生。」

「這個想法很棒。」

七海笑逐顏開，老大也喜孜孜地說：

「是贈與構成了這個世界哦！我像現在這樣為你們上金錢課和經濟課，就是貨真價實的贈與，對吧？我不委託兩位煮飯或是打掃，只希望你們聽了我的話之後，能替未來做點什麼，把這份心意連接到下一份贈與。」

「贈與啊……難道不能讓我哥免費上大學嗎？」

優斗忍不住哀嘆，老大告訴他，這就是「近似」的贈與。

「你哥哥接受大學老師的指導，但是並不會透過工作回報他們呀。等他出社會以後，才會開始賺錢、償還助學貸款。當他賺錢的時候，是在替未來的某人工作，進而發生下一份贈與。」

「是嗎，原來可以這樣想。想成是負債會覺得很沉重，如果當成自己因此有機會上大學、為社會貢獻己力，就會覺得輕鬆多了。」

「世界是由贈與所構成的哦。**有時是自己贈與他人，有時是他人贈與自己，這些贈與從過去持續到現在，也從現在持續到未來**。從結果來看，我們可以在生活上互助合作，創造更好的未來。我認為這才是金錢所扮演的角色呢。」

「意思是說，等我未來出社會工作，也是一種贈與，對嗎？可是，我完全不知道出社會以後要做什麼。」

老大用溫柔的聲音，對苦惱的優斗說：

「不用著急，慢慢找就好啦。」

「抱歉，新幹線的時間快到了，我該去搭車了。」

在會客時間剛結束的五點多，七海一臉愧疚地表示該離開了。

「好，再給你們出一道習題，希望你們思考看看，**你想為誰工作呢？這個問題也是在問，你們希望誰能因此獲得幸福哦**。」

「是，我會仔細思考。」

七海回應之後，急忙說：

「這個要還給您。」

她拿出剛剛順勢收下的鋼筆。

老大沒有收下，他在胸前合掌，比出拜託的動作。

「抱歉，可以幫我一個忙嗎？幫我去文具店補充一樣的墨水，下次再帶來給我，可以嗎？」

「小事情。」

七海微笑，把鋼筆收進包包裡。

「我也想請優斗幫一個忙，幫我去樓下的商店買牙刷來，好嗎？」

「好啊，我馬上去買——」

優斗舉手，朗聲回應。

「我已經拜託你們幫忙了，所以我上的課不完全是贈與，也可以看成交換呢。」

雖然沒聽見老大豪邁的笑聲，但他露出了燦爛的笑容。

一個月後，優斗接到研究所的副所長打來的電話。

聽說老大去世了。

而優斗所能做的，就是持續思考習題的答案——你想為誰工作呢？

第 5 章　重點摘要

贈與促進經濟發展

☑ 如果全體的存款增加了，只代表有人借了錢。

☑ 過去的帳不會記在未來頭上，但同世代之間存在著貧富差距。

☑ 破產的不是借錢的國家，而是不工作的國家。

☑ 一旦仰賴外國，就必須思考如何提供外國所需要的價值。

☑ 促使經濟發展的是人與人之間的贈與，以及從過去到現在、從現在到未來的贈與。

第
6
章

最後的謎團

我們不是孤軍奮戰

優斗神情忐忑地盯著電梯的樓層顯示數字。二八……二九……三〇……看著數字不斷增加，他卻沒有正在高速上升的真實感。

優斗升上國中三年級了，正利用黃金週假期*來東京找哥哥。距離收到老大的訃聞已過兩週。他和想去電影院殺時間的哥哥在一樓分別，自行搭乘電梯前往五十樓。

他和七海約在這裡見面。

幫忙訂了景觀咖啡廳的七海尚未抵達，報出她的姓名後，店員先行帶位至預訂的窗邊席。

從整片的玻璃窗可以鳥瞰東京的街景。這裡雖然也有零星綠地，但陸地幾乎被水泥建築和柏油路所填滿。相對地，從高樓望見的藍天遼闊無邊，格外震撼人心。

優斗想起老大，腦袋甚至掠過幻想：說不定他還活在某個地方。

在無垠的天空下，就算他真的笑著住在某個城市，似乎也不奇怪。優斗想要這麼相信。

他從包包裡取出淡藍色信封，放在桌上。這是過世的老大寫給兩人的信。

打開店員送來的菜單時，七海瀟灑現身，淡藍色的連身襯衫衣襬伴隨著腳步優雅搖曳。

「抱歉，讓你久等了。」

她以笑容致歉，儀態無比自然，有別於跟老大見面的緊張模樣。

「沒關係，我也剛到而已。是說，這裡的景色太讚了吧。」

「你難得來東京玩，一定要來這裡看看才行。」

七海微微一笑，抬起右手請店員過來。

「我要點冰紅茶和千層蛋糕，你已經點餐了嗎？」

「還沒，我也點一樣的吧。」

優斗速答。考慮到接下來的事，他沒有心情悠哉點餐，甚至擔心自己能不能保持自然。

跟店員點完餐後，七海輕輕指著桌上的信封。

「這就是老大請你保管的信吧？」

＊日本從四月底到五月初，由多個節日組成的大型連假。

「是的，他說是寫給我們看的。」

「老實說，我很震驚。我以為很快就能再見到他。」

七海低頭露出寂寞的表情，但隨即抬起頭詢問：

「你……讀過信了嗎？」

「還沒，我連信都沒有拆開。」

「那麼，請你念給我聽。」

七海朗聲說。

優斗拆開封口，取出信紙。在獲得七海的同意之前，他認為自己不該擅自拆開。

「那麼，我讀囉。」

優斗一面回憶老大的溫柔笑容，一面緩緩開口。

❖ ❖ ❖

七海小姐、優斗：

你們好嗎？我很想再跟你們說說話，請原諒我無法遵守約定。我把尚未交代清楚的事情寫成信。還記得我留了習題給你們嗎？

你想為誰工作呢？

這個問題，想必有不少人會回答「為自己或家人」吧。人們普遍認為這個問題是在問「你是為誰賺錢？」。「工作」這個詞啊，總是會被自動切換成「賺錢」呢。

銀行員介紹理財方案時會說「我的工作是為您管理資金」，這裡的「工作」也是「賺錢」的意思。就連「工作女子」這個流行語，也不把全職家庭主婦算在內。做家事、照顧子女……明明這麼拚命工作，卻不被當成工作。這裡的「工作女子」指的也是「賺錢的女性」。我認為，這正是人們淪為金錢奴隸的證明。

❖　❖　❖

「我有同感。」

七海打斷優斗。

「我一直覺得很奇怪，連太太也加入職場勞動，會被稱為雙薪家庭；但負責做家事、帶小孩的家庭主婦也沒有閒著啊，不是嗎？」

面對七海的憤慨，優斗頓時有些手足無措。

「我同意。可是，光憑我自己，很難想到這一點。」

「我也很訝異，他竟然思考過女性的立場。」

優斗一邊點頭，一邊重新讀信。

❖ ❖ ❖

本來工作這件事，就是指「為別人付出」哦。工作是為別人解決問題。

優斗的父母製作好吃的豬排飯，就是為了填飽顧客的肚子。優斗會打掃教室，也是為了全班的舒適。

無論工作這個行為本身有無牽涉到金錢，都跟它的本質無關。

我們的社會，是因為有每一個人在幫助別人解決問題而成立的。如同我多次說的，支撐社會的並不是錢哦。

我曾說過，社會能夠拓展，是因為導入金錢系統的關係，這有一半是錯的。貨幣經濟的發展，確實讓全世界的人們得以買賣物品，互相支持的社會也因此變寬變廣。

只是，當中缺乏同伴意識。能夠確實感覺到「我們」是互相支持的範圍，反而縮小了。我難以感受到自己是世界上的一員。我認為，兒時心中的「我們」，範圍還要更大一些。

我想稍稍回顧我的人生。

在日本努力走出戰敗陰霾的時代，我以農家子弟的身分出生了。當時身邊的人們確實在生活中相互扶持，我感覺到「這就是社會啊」。

插秧也是、收割也是，在農務繁忙的期間，左鄰右舍自然會互相幫忙。每當野豬搗亂田地，人們不會通報公家單位，更不會付錢給業者幫忙驅趕。我們會自己在田地旁邊設置圍籬和網子，靠自己守護農作物，設置陷阱捕捉山豬。

婚喪喜慶也是在鄰里的幫忙下完成的，有時哀傷，有時歡欣。不像現在，凡事都靠花錢解決問題。當年解決問題的人就在身邊，我能確實看見他們的臉哦。

❖ ❖ ❖

原來老大從前過著農家生活，優斗大感意外。

「看老大現在這麼有錢，想不到也經歷過這種時代啊。」

「我也不是很清楚，但聽說日本在戰後經歷過一段全民都很貧窮的時代，靠著地方社會的互助合作，才撐過來。」

就在這時，店員送來冰紅茶和千層蛋糕。

「兩位的餐點都送齊了，還需要加點請聯絡櫃檯。祝你們用餐愉快。」

機械式的口吻令優斗有些不自在。

❖ ❖ ❖

還記得讀小學時，我最愛往商店街的小餐館跑。為的不是吃飯，而是去看電視播的力道山選手*的摔角比賽。當時小小的電視機前，可以同時有數十人圍觀哦。

那是一個物資匱乏的時代。平民家中沒有電視也沒有家電，連上課用的書都缺東缺西，我曾度過一段吃不飽也穿不暖的歲月。

可是，當年無人發洩不滿。抱怨並不能解決問題。人們只能自己動手做並互助合作，還是不行的話，就只能忍耐啦。

讓我這樣形容吧，當時的社會是看得見也「摸得著」的，我能直接感受到人與人之間的互相幫助。

那也是一個電力不足的時代，在我小時候，一週還會限制用電好幾次，漸漸地才變成隨時都有電，因為發電用的水壩蓋好了。聽說為了蓋水壩，工程中犧牲了上百條人命。那時的社會還「摸得著」，我很感謝這些人的付出，

* 日本職業摔角之父。

讓我們擁有便利的生活。

新幹線開通時也是哦。對平民來說，票價太貴了。儘管如此，人們還是很高興多了新的交通工具，可以帶領我們通往未來。

我沒見過蓋水壩和建造新幹線的人，但我很感謝我們同住一片青空下，有人為了我們工作。就連小孩子都能感覺到「工作」是在幫助別人，我也期許自己成為一個為他人工作的大人。

很遺憾，現實並不美好。我非但沒有成為兒時嚮往的大人，還被金錢的魔力誘惑了啊。

❖ ❖ ❖

老大在信裡字字懇切地訴說著。

「金錢的魔力……」

優斗覺得，這句話是在警告想從事高薪工作的自己。

七海頷首。

「他會叫我們不要淪為金錢的奴隸，看來是有原因的。」

❖❖❖

我去了大阪，想一邊工作，一邊讀大學夜間部，結果一不小心沉迷賭博，很快就沒去上課。接下來，我做了形形色色的工作，其中甚至包括不該寫在信裡，類似詐騙的工作也說不定呢。

有了點積蓄後，我開始想要更多錢，所以開了公司。當時正逢泡沫經濟起飛的時期，我乘著浪頭，順利讓公司成長。有錢的地方就有人群聚集，我因此賺進更多錢。

然而，一時的盛況很快便隨泡沫經濟崩盤而消失，我視作財產的老員工紛紛出走。錢盡緣散——原來我只構築了這點人際關係啊。

從這次失敗的經驗當中，我學到了不會賺錢的公司就會滅亡，倘若開公司的目的就是賺錢，這間公司絕對無法走得長遠。公司能夠長長久久，是因為對社會有所貢獻的關係。只是以結果來看，這類公司也會賺錢罷了，好的地方自然會有人和錢聚集而來。

我和留下來的員工一起重建了公司，記取失敗帶給我的教訓，讓公司漸漸壯大。

我把賺來的錢拿去投資。雖然叫投資，但我們不是靠玩股票來賺錢哦。我們提供資金給願意挑戰美好未來的年輕人，是這些投資讓我賺到了更多錢，我因此獲得「鍊金術師」的封號。

可是，我毫無鍊金的意圖。我想要培育的是人才，想要創造的是未來啊。

隨後，我返回故鄉，開了那間你們也來過的研究所。

❖ ❖ ❖

「欸……」七海小聲驚嘆，呢喃道：

「老大跟優斗是同鄉。」

優斗想要說些什麼，但還是決定先繼續讀信。

❖　❖　❖

察覺的時候，我找回了兒時的感覺。我可以「摸到」社會了，心中的「我們」的範圍也加大了。

把「我們」的範圍加大，感受社會的方式也會跟著改變哦。就像優斗在去年年底買來銅鑼燒的時候，感受到的究竟是兩百日元呢？還是和菓子店阿姨手作的心意呢？

「我們」的範圍若是太小，阿姨就會變成「外部」的人，感覺跟自己無關，銅鑼燒是用兩百日元買來的。換句話說，會覺得一切都是靠錢搞定。但是啊，只要加大「我們」的範圍，阿姨就會變成內部的夥伴，這時感受到的就是心意啦。

「我們」的範圍跟認不認識並不相關，取決於我們的意識。越是淪為金錢奴隸的人，這個「我們」的範圍就越顯狹窄，眼裡只容得下家人。不，有時連家人也看不見哦。

走到這一步，會誤以為是錢在支撐生活。無論你跟消費的店家熟不熟，都不會對別人的付出心存感激，認為社會位在「我們」的外部，一切都與自己無關，心裡只想著如何讓錢增加。

❖
❖
❖

優斗讀到這裡暫時歇息，喝了一口冰紅茶，冰涼的觸感滋潤了乾渴的喉嚨。七海似乎陷入思緒，優斗把杯子放回桌上時，她抬起頭。

「母親過世後，我也覺得自己變得孤單一人。可是，聽了他的話之後，我有點走出來了。我發現，**身邊的人是互相依靠的**。儘管我的感覺還很模糊，但會產生不一樣的想法，是因為我開始能把『我』當成『我們』的關係嗎？」

「我最近也有一樣的感覺。大概是受老大的影響吧，我開始幫商店街辦活動了。那一刻，我會有一種『我們』變寬廣的感覺。」

「可以跟地方有所連結，真的很棒。」

七海說完，視線投向窗外，遙望著遠方天空，優斗見狀，再次讀起信來。

❖　❖　❖

我想傳達的訊息是，請把你們心中的「我們」的範圍變得更大。從家人、學校友人、公司同事，擴展到同一個國家的每一個人，再到全世界。

我說的不只是空間哦，還有時間。過去的人及未來的人，都能納入「我們」裡。

這是要你們為社會考量的意思，但也不完全是如此。**為了你自己，能察覺自己身為社會的一分子，是很重要的一件事。這樣一來，你就不會感到孤單。**從前的我無論擁有多少錢、無論跟誰在一起，都無法擺脫孤獨感。

那麼，究竟該怎麼做，才能改變意識，把「我們」擴大呢？

我認為要「共有一個目標」。

舉例來說，當災難發生時，你們有沒有過「我們」的範圍突然加大的感覺呢？生活裡相互支持的部分會變得具體，社會變得可以「摸得著」。思考可否為別人做點什麼的人會增加，甚至主動擔任志工、捐贈救援物資等。

我認為，這是社會全體共有了「找回日常生活」這個目標的關係哦。日本東北三一一大地震時，自衛隊和大量志工投入了救災行動。許多國家派遣搜救隊過來，在逆境之中，我感受到全世界是守望相助的。不是災難改變了世界結構，只是我們改變了意識而已。

所以，我認為「共有目標」是很重要的事情。而所有人都能共有的目標就是「未來」。

請多關心世界將要共同面對的課題，例如氣候異常或環保議題，這樣便能共有「守護未來」這個目標，使「我們」擴大。若是跟某些淪為金錢奴隸的大人一樣，表面上高揭SDGs*的標語，實際上貪圖更多商業利益、想要賺進更多錢，這個「我們」將永遠是狹窄的。人會開始互相爭奪金錢。

為了避免這種狀況，我認為我們應該共有未來。

❖　❖　❖

信件的內容和強勁的筆觸，字裡行間流露出老大的意志。不過，當優斗把視線移向下一行，話語驀地卡在喉嚨。

「怎麼了？有不會念的字嗎？」

「不，只是不太好意思……」

內心的波濤洶湧其實另有原因，但還不能對七海說。優斗無法看信，七海探出身體察看內容。

「原來如此，難怪你會害羞。」

七海以為自己掌握了狀況，嘴角浮現溫柔笑意。接著——

「我來讀吧。」

她拿起信紙，接替優斗讀下去。

❖　❖　❖

還有另一件重要的事情哦，**要去真心愛人**。

* Sustainable Development Goals，永續發展目標。

無論是家人還是戀人都好，愛人這件事啊，能大幅改變我們的意識。這不只是把所愛之人拉入「我們」之中，而是透過愛人，我們能學到如何為人設身處地著想，藉此發現自己和別人的觀看方式及感受方式是不一樣的。

還有，**當你開始想要守護愛人，就不會把社會當成別人家的事情**。如果只有自己一個人，只需留意身邊就行啦；然而，所愛之人不會隨時待在身邊，你們也許會分隔兩地，也許你會先一步離世。這時候，要繼續守護愛人的方式，就是期許社會變好。「我們」的範圍就是因此擴大的哦。

我也是啊。當公司重新步上軌道時，我結了婚。可是，我把重心全放在公司，最終導致家人離我而去，全是我的錯。

即使見不到面，我仍深愛離開的妻小。一旦考量到她們的幸福，我就無法將社會置身事外。我就是在這一刻，開始學會思考社會及未來。

所以，希望你們也能找到所愛之人。

❖ ❖ ❖

「所愛之人啊。」

七海彷彿向著自己發問，凝視天空半晌。

她的腦海裡浮現了誰呢？母親去世時，她又懷抱著怎樣的心情呢？

這段空白宛如漫長的沉默，但也許只有短短數秒。這段期間，優斗只是靜靜注視著她。

「還剩最後一張信，我把它念完哦。」

語畢，七海再次朗讀。

❖　❖　❖

最後，我想介紹我喜歡的經濟話題。經濟學家傅利曼*有過一段知名演

* 彌爾頓．傅利曼（Milton Friedman），美國經濟學家，以研究總體經濟學、個體經濟學，以及主張自由放任資本主義而聞名。傅利曼認為世界的運作受追求自利的人所推動，與老大的理念並不完全相符。本書的老大刻意不使用經濟學名詞，以個人及全體、內部與外部與「我們」來作比喻，譯者在翻譯時也沿用作者的用語。

講，他取出一枝鉛筆，這樣說：

「世界上沒有任何一人可以做出這枝鉛筆。」

製作鉛筆的木材，來自華盛頓州砍伐的樹木；想要砍倒樹木，需要鋼鐵做的鋸子；想要製作鋼鐵，需要用到鐵礦；而用來當作鉛筆筆芯的石墨，來自南美洲的數座礦山。除此之外，還有筆尾上的小橡皮擦、接頭使用的金屬，及塗料、接著劑等。傅利曼如是說：「一枝鉛筆是數千人一起做出來的。」

我喜歡的是後面這段話。

說著不同語言、信奉不同信仰的這些人，見面也許會互相憎恨，但是，他們協力做出了這枝筆。他也主張，貨幣經濟可以協調人群並促進和平呢。

確實，錢可以把世界上的人聚集起來，但我認為更重要的是，絕對不能淪為金錢的奴隸。需要擴大的是把人連結起來的「我們」的範圍哦。如同七海小姐的名字，跨越七座海洋，使世界變得更加寬廣。

不只是空間，「我們」也能超越時間，變得更加遼闊。從前的歷史所代表的不只是年號，它們仍活於現在，成為現代生活的基石。

請把來自過去的棒子，繼續接棒到未來吧。

我說的「我們」，當然也包含了你們哦。我會把你們當作自己的親生孩子，在遙遠的地方祈禱你們一展長才。

當你擁有了愛人，心中的「我們」擴大時，我們還會再見面的。

❖ ❖ ❖

七海讀完最後一句話，靜靜將信紙擱在桌上。

優斗把身體靠在椅背上，望著天花板，努力憋著不讓淚水流下來。

對面傳來冰塊的喀啦聲，應該是七海在用吸管攪拌冰紅茶。

當他茫然眺望懸掛式燈泡的白色燈罩時，她的聲音傳來了：

「真是不可思議呢，這麼愛賺錢的人，竟然會聊社會和未來的話題。他一定經歷過不少風霜，才能把『我們』看得如此寬廣。」

優斗深呼吸調整心情，緩緩拉回視線。

「我也總算搞懂一切了。之前，我一直覺得老大口中的經濟太冠冕堂皇，不過，我相信他也是在擴大『我們』的範圍後，才擁有這層體悟的。」

兩人沉浸在信件帶來的氣氛裡，默默吃起千層蛋糕。七海吃到一半，擱下叉子。

「對了，你想出習題的答案了嗎？就是老大先前問的問題——你想為誰工作？」

「我還想不出答案。」

優斗老實回答。

換作平時，話語可能就此打住。不過大概是受到信件的影響，他想試著把尚未整理好的心情說出來。

「可是，我對父母和周遭的人稍微改觀了。」

「哦？怎麼說呢？」

「之前，我一直很受不了他們把客人奉為神。可是，我現在知道他們這麼做不全是為了錢，有很大一部分是希望客人可以開心吃一頓美味的餐點。商店街的其他人也是吧，和菓子店的阿姨會舉辦搗麻糬大會，也是希望大家吃得開心愉快，就連看起來很清閒的書店大叔，也努力陳列書籍，想讓我們多看看那些好書。我開始認為，人們都是希望別人獲得幸福才工作的，這也是因為我心中的『我們』變大了的關係吧。」

「我好像可以懂。我們公司的理念是『Customer comes first』，也就是『顧客第一』。我一直感到奇怪，明明公司是為了賺錢，怎麼好意思說自己最關心客戶呢？但我想，正因為公司把顧客擺第一，所以才能賺到錢吧。一定有人正在製作鉛筆呀。」

「鉛筆？」優斗反問。

「對，就是信裡提到的事情呀。伐木的人並不知道那棵樹會變成鉛筆，更不會知道是誰用了那枝鉛筆。可是，一定有人會因此獲得幫助。跟我的工作很相似，我只能看見金融商品的部分面貌，無法得知它會變成什麼模樣。確實有公司因為金融商品的資金調度而獲得幫助。我們能幫上這些顧客的忙——這是絕對不會錯的。也許，我也是協助製作這個千層蛋糕的一分子呢。」

七海俯視窗外，視線彼端是無窮無盡的大樓和公寓建築。

「當我覺得自己工作是為了賺錢時，常常有一種孤軍奮戰的感覺。不過，想成工作是在幫助別人，的確會有種打開視野的感覺呢。」

「我相信老大也會說一樣的話。」

兩人暫時眺望窗外，一隻老鷹乘風盤旋、飛過窗邊。

「真奇妙啊，」優斗有些鼻酸，「我一直覺得錢很骯髒，想不到也能把人與人串在一起。還記得第一次遇到老大那天嗎？他在桌上放了一大疊鈔票，我心想，這傢伙一定是黑道分子。」

「沒錯沒錯，竟然用鈔票堆成山。這種人竟然心繫社會和未來，最後還提到愛，真令人嚇一跳。」

兩人相視而笑。

「不過，他一定有切身感受。他在談論錢的話題時，還得同時思考許多人的生計，我很懂他的心情。但是，關於愛啊……」

七海的褐色眼眸黯淡下來，優斗讀不透她的心思。

「呃，我覺得他說得很棒耶……」

「不不，」七海急忙擺擺手，「我完全明白他的用意，只是，我長年和母親相依為命，還沒辦法思考那些事……我害怕失去，所以暫時還不敢談戀愛。」

倘若老大還在，一定能說出很棒的激勵話語。優斗沒有靈感，決定不多說，溫柔地附和「原來如此啊」。

「對了——」七海像是突然想起什麼，手伸進包包裡摸索。

她拿出一支黑色鋼筆。

「我不知道該怎麼辦，就先帶來了。」

「啊，老大有交代，說『不用還了，拿去用吧』。」

「是嗎？這支鋼筆似乎相當高級，他跟我說一聲，我就能幫他送過去了。」

「他好像急著要移民，沒辦法啊。我也是突然被叫去，收下了這封信。」

「真是自由自在的人啊，還留下了習題給我們。要是出發前再約我們見一次面就好了，竟然要去瑞士療養，真的是有錢就是任性呢。」

七海露出無奈又可惜的表情。

優斗坐在對面，再次努力憋住不哭。

至此，老大的課堂全部結束。

第 6 章　重點摘要

將「我們」的範圍擴大

☑ 工作不是賺錢，而是在幫助別人。

☑ 錢可以拓展社會，但是感受到的「我們」的範圍會縮小。

☑ 共有目標就能擴大「我們」的範圍。

☑ 把「我們」的範圍最大化的方法，是共有未來。

☑ 還有，記得去愛人。

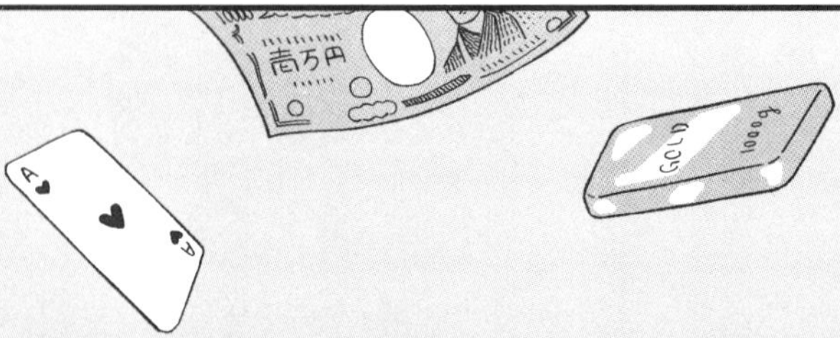

尾聲

未來就在我們的眼前

「好久不見啦，我想拜託你一件事。」

「久疏問候，請問有什麼需要？」

「我想告訴一個年輕人，錢是多麼無力的東西。」

「您說……錢是無力的東西？」

「總之，請你幫忙引薦我們見面。」

「好的，您說的年輕人是……？」

星期六下午，優斗坐在電腦前。話雖如此，他的眼睛並未跟螢幕對焦，只是靜待時間流逝。

跟教室差不多大的辦公室裡開著一扇窗，怡人微風吹過初夏的嫩葉流進室內，不時帶來孩子們的喧鬧聲。屋外廣闊的綠地，如今已成為當地居民的休憩處。

辦公室牆壁的布告欄上，除了張貼活動行程表，還有工作人員的個人檔案。望著布告欄的紅髮女生尖聲說：

「咦！佐久間，你讀縣立大學的經濟系啊！跟我一樣，你是哪個研究小組的？」

優斗正在發呆，慢了半拍才回答：

「——啊啊，宮平組。」

「感覺如何？可以跟我分享嗎？我最近要選組了。」

她在優斗的隔壁位子坐下，把椅子拉近。

「宮平老師的研究小組強嗎？以後好找工作嗎？」

「對出路幫助不大，而且學分不好拿。」

聽到感想，她明顯露出失望的表情。

「CP值不高耶，那你幹麼參加啊？」

「單純對地方經濟有興趣。」

「佐久間，你很優秀耶。之前在歡迎會，我好像聽誰說過，你從高中就加入這裡的經營。」

「我家住附近嘛。」

優斗等人共同經營的共享空間獲得市府支持，規模越做越大。起初這裡的目的是讓來自其他地區的學生和社會人士居住，一邊做地方交流。除此之外，也經常舉辦不同世代的活動，現在已成為地方上不可或缺的交流中心。

「聽說這裡本來是有錢人家的住宅？」

「沒錯，不過以前有高高的圍牆擋著，完全看不見裡面。」

現在圍牆已拆除，開放給一般民眾入內參觀。不只院子，屋內也重新裝潢，唯一沒變的只有最裡面的會議室。

這個共享空間計畫最早源自優斗的點子。老大過世三年後，研究所搬遷至新址，這棟老屋被捐贈出來。某個意義上也可以說，是優斗繼承了這棟屋子。

堂本相當贊成優斗的點子，幫他實現計畫。「聽起來很好玩！」堂本如此表示，為他一一找來夥伴，使計畫成員增加。他的行動準則是有不有趣——就這麼簡單。聽說他也不認為自己是在做非洲慈善活動，只是覺得好玩便投入行動。

現在，堂本也住在這個共享空間，協助策劃各種活動。他支援的非洲大學生也來此交流居住過一星期。

紅髮新人瞥見優斗電腦上的時間，驚慌大叫：

「糟糕，已經這麼晚了！得去準備傍晚的活動了。」

「今天有什麼活動？」

「福田書店的阿姨拜託的啊，要介紹親子共讀會感動落淚的繪本。等等，這不是你企劃的嗎？」

「啊——對哦！」

優斗遲鈍回應，女子露出擔心的表情。

「你從早上就怪怪的耶，好像一直在發呆？記得要休息哦。」

她站起來，輕輕伸完懶腰便走出去。

女孩前腳剛出，就換一位年長男性後腳進來，微微抬起手。

「小優，東京來的訪客已經抵達會議室了。」

優斗彷彿觸電一般，身體震了一下。

「我馬上去。」

他邊說邊起身，看著天花板慢慢吐氣。他從一早便心神不寧的原因就是這個。不是從早上而已，這六年來他一直在等。

他從背包裡取出兩封信，一封是淡藍色信封，一封是深藍色信封。淡藍色的信封上寫著「給優斗和七海小姐」，已經拆開了，就是六年前他跟七海一起讀的那封信；深藍色的信封則未拆，上面只寫著「給七海小姐」。

總算可以履行當年跟老大的約定了──優斗思忖。

六年前，優斗還是國中生時，老大在醫院說了一個謊。

當優斗帶著從商店買好的牙刷回來時，嚇了好大一跳。老大身上接著數條管子，躺在病床上。

「你還好嗎？」

優斗急忙衝到床邊，老大以手肘撐起上半身，光是如此便氣喘吁吁。

「沒事，剛和你們聊完天，有點累罷了。這不重要，優斗，我想麻煩你一件事，好嗎？」

光是說話就會消耗體力，老大病得絕對不輕。優斗佯裝平靜。

「啊，牙刷我買回來了。」

優斗邊說邊遞出牙刷。

「不是，不是牙刷。我想和你單獨相處，才說謊要你去買牙刷。我真正想拜託你的是這件事哦。」

老大把淡藍色和深藍色的兩封信交給他。

「這是什麼？」

儘管猶豫，優斗還是接過信。

「考量到我的身體，要再見一次面恐怕很困難了。我要是死了，請你和七海小姐一起讀淡藍色的那封信。」

「不要跟我開這種玩笑，你只是入院檢查，不是嗎？」

八成不是檢查。優斗隱約察覺了實情，但還是抱持希望，想要懷疑。

「我告訴你真相。事實上，我是剛好這週狀況可行，才會急匆匆地約你們見面。我剩下的時間不多了，這是半年前就知道的病。」

老大如放棄般垂下肩膀，面露苦笑，說起這半年來的計畫：

「當我意識到人生已走到盡頭時，忽然思念起家人。我現在雖然單身，但曾有過妻子和女兒。妻子生產後旋即離家，女兒並不認識我這個爸爸。我想再見妻子一面，查了之後，得知她不久前過世的消息。於是，我開始尋找女兒。」

「咦……該不會就是……」

老大緩緩點頭，優斗吃驚得張大嘴巴。

「七海這名字是我取的哦，我期許她能活躍在世界上。」

「那要趕快通知她！」

優斗急忙拿起手機，老大用左手抓住他的袖子。

「不行，我還不希望她知道呢。」

「為什麼！」

優斗情急逼問。

「不能光出贍養費，就自以為是她的老爸啊。而且我就快死了，她母親剛走，知道了一定更沮喪。於是，我隱瞞了父親的身分，跟她見了面。」

「所以，是你要七海的上司叫她來的？」

老大搖搖頭。

「老實說，我根本沒見過那名上司。我直接拜託他們公司老闆，請他幫忙牽線。

不過，除了見面，我還想以父親的身分在最後為她做點什麼。我能為絕望的她所帶來的改變，是給她一點小小的提示，讓她改變觀看世界的方式。」

優斗無法回話。光是接住老大的一字一句，就費盡他的所有力氣。

「遺憾的是，時間到啦，我恐怕很難再見她一面。我請公司的副所長在我離世後，只通知優斗你一個人。到時候，可以請你當作是最後一次上課，和她一起讀那封淡藍色的信，好嗎？我的事情，希望你當成我是去瑞士療養。就算不知道我是父親，光是身邊有認識的人接連逝世，對她的打擊就夠大了。抱歉啊，優斗，可以麻煩你暫時瞞著她嗎？」

優斗好不容易才擠出聲音問：

「你說暫時嗎……？」

「沒錯，隱瞞到她有了深愛的人為止，我希望在此之前，她都以為我還活著。到時候，請幫我把深藍色的信封交給她，這是我以父親的身分寫給她的信。我知道這樣很自私，但是，我還是希望她總有一天能知道我是她的父親。」

「我可以理解。」

優斗難受得移開視線。

床邊的儀器顯示著平穩的波紋，他盯著波紋，努力平定心情。

「老實說，我有隱約察覺異狀。剛剛推開房門時，我就做好心理準備了。」

「什麼啊，原來被發現啦。」

老大露出孩童般的笑容。

「只是隱隱約約，因為有太多疑點。你每次都找理由不吃甜點，後來甚至不在紅茶裡加酒了。不過我最在意的，還是你提到家庭的時候。每次用家庭舉例時，你都用我家來比喻，對七海則是小心翼翼，唯一問過的只有她母親遺留的手錶。」

老大凝視遠方定點，表情看來十分懷念。

「那是我送給妻子的訂婚禮物。當我在七海手上發現它時，真的是難掩雀躍啊。我認為是妻子原諒我了。訂婚時，她回送給我的禮物，就是我剛剛交給七海的那支鋼筆哦。」

優斗重新注視老大的雙眼，他已經下定決心了。

「我答應你會保密，並在某一天把信交給她。」

優斗拿信的手，被布滿皺紋的溫暖雙手包覆。

「好……好，你願意幫我轉交給她就太好啦。我就知道那場大雨是上天冥冥之中自有安排。」

與女兒的再會之日下起了大雨，聽說老大本來很沮喪，覺得自己被拒絕了。豈料，那場雨把優斗帶了過來，使他感受到命運。直覺告訴他，優斗將成為自己與女兒之間的橋梁。

「看見你，真的讓我吃了一驚啊。我知道自己見過你。聽見佐久間這個名字就更加篤定了。小時候，我受到你家非常多的照顧哦。當時你們家叫做『佐久間食堂』，我常常去這家小餐館看電視，肚子餓了，老闆還會免費招待我吃飯糰和可樂餅呢。佐久間食堂消除了我小時候的社會差距。為了道謝，我在五年前去過現在的豬排店，看見了你的身影。」

果然啊。優斗心裡有數。

「我家的大電視就是你捐贈的吧？剛剛看到你的姓氏，我才想起店裡的電視機上貼著一張名牌，上面寫著『神宮寺捐贈』。難怪我之前一直以為是神社或寺院。」

「我沒有隱瞞的意思，只是怕說太多話，會被七海發現我的身分，所以盡量避而不談。小時候啊，我在這條街上學會了互助合作，尤其是為我彌補社會差距的佐久間食堂，帶給我最多啟發。我也想把這件事告訴你哦。不，一定是因為我想告訴你，上天才會這樣安排。就是因為這樣，我上次才想跟你們聊聊社會差距。三人一起度過的時光真是愉快啊。知道你充滿好奇心，又很關心家人，我認為未來一片光明，我可以安心休息啦。」

老大抬起插著管子的左手，用力摸摸優斗的頭。

「遇見你真是太好啦。」

他笑著說。

優斗睜著眼，努力不讓淚水奪眶而出。

這是他們最後一次交談。

從今以後，優斗都幻想老大活在瑞士的天空下。

優斗保管信件至今已過六年，如今是大三生了。

一個月前，七海通知他，自己組織了幸福的家庭。聽說她在去年登記結婚，今年秋天即將多一名家庭成員。

這些年來，優斗時常為了揣測「有了深愛的人為止」這個條件而苦惱，這次他認為時機成熟了。

他打電話聯絡七海，七海也主動說想看看現在的他。

今天就是重逢之日。

打開會議室的門，七海已經在老位子就定位。聽老大上課時，她總是坐在這裡。

「其他地方全變了，就只有這個房間沒變呢。」

七海語帶懷念地說。

看見她左手上發光的戒指，笑容自然在優斗臉上綻放。

「七海，我要遲來地說聲恭喜結婚。」

話語說出口的剎那，淚光在優斗的眼眶中打轉。他感覺肩頭的重擔終於卸下了。

「等……等一下，你幹麼哭啦，又不是新娘的爸爸。」

七海無奈地笑出來。

「我……我才沒哭呢。」

優斗害羞地笑了笑，拚命保持平靜。「新娘的爸爸」這句話具有重量，他恨不得當場大叫「不是我」。但是，他希望這件事不是經由自己說出來。可以的話，希望七海先讀過老大留下的信。

同時，他的心情很複雜。這表示他得說出另一個真相——老大其實並不在瑞士。

優斗壓抑情緒，調整呼吸，看著七海的雙眼交出深藍信封。

「這是老大給你的。」

他打算這麼說，實際上說出口的聲音卻沙啞又破碎。

七海似乎有所察覺，靜靜接過信封，褐色眼眸凝視信封上的「給七海小姐」，感覺已經做好接收老大和優斗重要心意的心理準備。

深呼吸後，七海充滿決意地打開信封，讀起裡面的信。

房內的時間靜靜流逝，優斗很在意七海讀信的反應，甚至害怕到不敢看。翻信的聲音不時傳來。

這裡曾經迴盪著老大豪邁的笑聲。房間的主人總是笑盈盈跟他們分享心得，他們總是專注聆聽。七海之於母親的喪失感，以及優斗之於錢的憤世嫉俗，都漸漸在聆聽的過程中獲得化解。

澎湃的情感差點把優斗淹沒，優斗刻意回想老大傲慢的態度，與之對抗。他曾不由分說遞來鋼筆，還把一疊疊鈔票甩在桌上。

初次見面時還曾挑釁說：

「你們這些孩子肯定不懂社會也不懂愛吧？」

但是，當他在腦中重播這句話，忽然恍然大悟。

在老大心裡，「孩子」這個說法別具意義。他很懊悔無法稱呼面前的七海為「孩子」，所以才把心情藏在這裡。這絕對不是出自傲慢。

他想教導親生孩子七海，何謂社會、何謂愛。

在六年後的現在，七海讀起他滿懷愛意的信。

七海反覆閱讀之後，終於把信擱下，對著面前老大的座椅低喃：

「你是為了我的幸福著想，對吧？」

聽到這句話，優斗知道自己的任務圓滿結束。自從他接下任務，心裡始終惴惴不安。何時要交出這封信？萬一沒機會怎麼辦？相信老大也擔心自己的心情能否順利傳達給女兒吧。

如果可以，優斗恨不得奔回那天的病房，向老大報告「任務達成」。想必老大會以燦爛的笑容用力摸摸優斗的頭，說「優斗，謝謝你」。

可惜這個心願已無法達成。

「你應該早點告訴我的。」

七海呢喃道，優斗急忙解釋：

「不不，是老大要我瞞著你的。他怕你會傷心，希望我先隱瞞一段時間。」

「別擔心，我知道你的用心。他在信裡有交代，請你在我有了深愛的人之後，再轉交這封信。我不是在責怪你——坦白說，我已經發現了。」

七海的聲音十分平靜。

「我在他要我保管的鋼筆上，發現了『R to S』的雕刻字。母親的手錶上用一模一樣的字體刻著『S to R』，我猜，這是他們送給彼此的禮物。」

「那麼……你有聯絡老大嗎？」

「換作平時應該會吧。我好幾次都想寫信給他，可是最後都沒有按下傳送鍵……因為，我覺得自己不該這麼做。」

「為什麼呢？」

「母親才剛過世，如果我馬上跑去投靠父親，感覺就像背叛了母親一樣。是母親把我養育成人，她也只有我能依靠。」

「原來啊……」

「不過，最近我開始想要見他。」

七海低頭說著，溫柔撫摸自己的肚子。

「想到自己即將當上媽媽，我也想好好面對自己的父親。不過，我還有其他擔心的事，所以一直猶豫著。我有不好的預感，然後……」

她望著放在桌上的白色信紙。

「……他已經不在了吧。」

老大已經不存在於任何地方。

現實化作洪流，在心中席捲而來，徹底沖毀了老大移民瑞士的幻想。或許優斗自己也很仰賴這個幻想。在七海明白真相的此時此刻，已經沒人能為幻想作證了。

老大真的不在了。這令優斗驚愕不已。

寂靜的房內，只聞時鐘秒針的滴答聲。

突然間，他發現七海表現得出奇冷靜。

「你不難過嗎？」

優斗忍不住問。連一滴淚也沒落下的她，令人出乎預料。他希望七海稍稍為老大哀悼，這樣老大才會高興吧？

然而，她非但沒哭，還笑了。

「我不該感到難過啊。」

見到優斗一臉錯愕，她繼續說：

「你是為了不讓我難過，才幫忙說謊的對吧？你花了整整六年，慢慢等我敞開心房，允許自己去愛人。」

接著，她緩緩開口：

「優斗，謝謝你。」

已經無法壓抑了，情感從心裡的各個角落滿溢而出。

老大的笑聲和惡作劇的笑臉，都已經聽不見也看不到了。他也無法以父親的身分見到七海。

但同時，優斗也覺得被拯救了。七海代替老大，說出了他好想聽見的話。感覺老大的心意完全送達七海手中了。

優斗以手指拭淚，七海對他說：

「我在想，愛這種東西，好像常常需要時差才能送達呢。」

「你說……時差？」

「他……父親給我的愛，並不是在死別之後才遲遲送達哦。像我呀，現在這麼愛肚子裡的孩子，但這孩子一定不知情。我想，愛本來就是有時差的。因為此刻我仍感覺自己被父親和母親所愛，所以才能給予這孩子滿滿的愛。因為有時差，所以才能通向未來，對吧？」

老大的話言猶在耳。

贈與從過去持續到現在，也從現在持續到未來，社會就是這樣構成的。

當你開始想要守護愛人，就不會把社會當成別人家的事情。

優斗抬起頭，正好望見老大的座位與他留下的書櫃。還記得第一次見面，老大拍了拍一億日元的鈔票山，這麼說：

「錢沒有價值，世界上還有更重要的東西哦！」

儘管無法回到老大還在的過去，然而，未來就在我們的眼前。

時鐘秒針的滴答聲重回耳際。
書櫃上的裝傻駱駝鐘仍在不停行走。

參考文獻

1. 《十四歲起的社會學：給活在今後社會的你》（14歲からの社会学：これからの社会を生きる君に），宮台真司著。
2. 《世界是靠贈與構成的：彌補資本主義「縫隙」的道德學》（世界は贈与でできている：資本主義の「すきま」を埋める倫理学），近內悠太著。
3. 《我們寂寞，但不孤單：現代的孤獨與可永續的經濟圈社群交流》（WE ARE LONELY, BUT NOT ALONE.：現代の孤独と持続可能な経済圏としてのコミュニティ），佐渡島庸平著。
4. 《學校沒教，但一定要懂的地緣政治課：從地球儀開始的國際大局觀》（13歳からの地政学：カイゾクとの地球儀航海），田中孝幸著。
5. 《金錢教室談的可不只是錢！：這個世界上有六種方法可以賺到錢！世界最棒的經濟・金融思考課程，你的人生課表就缺這一堂》（おカネの教室：僕らがおかしなクラブで学んだ秘密），高井浩章著。

6. 《不會笑的數學家》（笑わない数学者），森博嗣著。

7. 《金錢的另一端是「人」：高盛前交易員教你大人、小孩都看得懂的幸福經濟學》（お金のむこうに人がいる：元ゴールドマン・サックス金利トレーダーが書いた予備知識のいらない経済新入門），田內學著。

8. 厚生勞動省年金局數理課長×田內學對談〈就算存了兩千萬日元的養老費、投保年金險，依然無法解決年金問題〉：http://diamond.jp/articles/-/295185

翻轉學　翻轉學系列 140

你想為誰賺錢？

破解 3 大金錢謎團，怎麼思考錢，決定怎樣的未來

きみのお金は誰のため ： ボスが教えてくれた「お金の謎」と「社会のしくみ」

作　　　者　田內學
譯　　　者　韓宛庭
封 面 設 計　Dinner Illustration
內 文 排 版　許貴華
主　　　編　陳如翎
出版二部總編輯　林俊安

出 版 者　采實文化事業股份有限公司
業 務 發 行　張世明・林踏欣・林坤蓉・王貞玉
國 際 版 權　劉靜茹
印 務 採 購　曾玉霞・莊玉鳳
會 計 行 政　李韶婉・許俽瑀・張婕莛
法 律 顧 問　第一國際法律事務所　余淑杏律師
電 子 信 箱　acme@acmebook.com.tw
采 實 官 網　www.acmebook.com.tw
采 實 臉 書　www.facebook.com/acmebook01

I S B N　978-626-349-876-1（一般版）
978-626-349-894-5（限量誠品獨家書衣版）
978-626-349-895-2（限量博客來獨家書衣版）
定　　　價　430 元
初 版 一 刷　2025 年 1 月
劃 撥 帳 號　50148859
劃 撥 戶 名　采實文化事業股份有限公司
104 台北市中山區南京東路二段 95 號 9 樓
電話：(02)2511-9798　傳真：(02)2571-3298

國家圖書館出版品預行編目資料

你想為誰賺錢？：破解 3 大金錢謎團，怎麼思考錢，決定怎樣的未來 / 田內學著 ; 韓宛庭譯 . -- 初版 . – 台北市：采實文化事業股份有限公司 , 2025.01
256 面 ; 14.8×21 公分 . -- (翻轉學系列 ; 140)
譯自 : きみのお金は誰のため ： ボスが教えてくれた「お金の謎」と「社会のしくみ」
ISBN 978-626-349-876-1(平裝)
ISBN 978-626-349-894-5(平裝限量誠品獨家書衣版)
ISBN 978-626-349-895-2(平裝限量博客來獨家書衣版)

861.57　113018773

采實出版集團
ACME PUBLISHING GROUP

翻轉學

翻轉學